루미너스

오늘부터 데뷔합니다

✦ 글 김영주

생물학을 공부하고 박사 학위를 받았다. 대학에서 학생들을 가르쳤으며 지금은 어린이, 청소년 책 집필에 매진하고 있다. MBC 창작동화대상과 위즈덤하우스 어린이청소년 판타지문학상을 받았다. 지은 책으로 《하얀빛의 수수께끼》, 《임욱이 선생 승천 대작전》, 《Z 캠프》, 《30킬로미터》, 〈이불 귀신 동동이〉, 〈반려 요괴〉 시리즈 등이 있다.

✦ 그림 하티

대학에서 만화와 웹툰을 전공했고, 네이버 웹툰 〈악당 가족이 독립을 반대한다〉를 연재 중이다. 웹툰뿐만 아니라 일러스트레이터로서 꾸준히 활동하고 있으며 〈루미너스 오늘부터 데뷔합니다〉 시리즈는 처음 작업하는 어린이책이다.

루미너스
오늘부터 데뷔합니다

3rd

김영주 글 · 하티 그림

차례

LUMINOUS 루미너스

한소민
HAN SOMIN

묵묵히 멤버들을 챙기면서도 팀워크를 위해 단호하게 나서는 외유내강형 리더. 팬레터에 직접 답장하는 다정함 덕분에 '대천사 소민'이란 별명으로 불리기도 한다.

박민아
PARK MINA

루미너스의 맏언니. 작은 얼굴에 오목조목 들어찬 이목구비는 누가 봐도 궁극의 센터상! 재능이 많다. 연기에 도전하는 것도 어릴 적부터 꿈이다.

전하얀
JEON HAYAN

루미너스의 막내로, 밝은 에너지를 지녀 주위 사람들을 웃게 만든다. 특히 민아와 친하다. 어리광이 많지만 노래할 때만큼은 귀여움이 아닌 멋짐으로 승부한다!

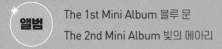

앨범

The 1st Mini Album 블루 문
The 2nd Mini Album 빛의 메아리

나태리 ✦
NA TAERI

따사로운 음색을 가진 루미너스의 메인 보컬. 감정 이입을 잘해서 가끔 혼자 웃거나, 눈물을 글썽일 때가 있다. 풍부한 감성으로 싱어송라이터에 도전하고 싶다.

이열음 ✦
LEE YEOLEUM

세련된 외모와 뛰어난 랩 실력을 가진 개성 강한 멤버. 표정이 별로 없고 직설적으로 말하는 성격 때문에 자주 화나 있다는 오해를 받지만, 속마음은 따뜻하다.

아이돌 뉴스 ★

[속보] 데뷔하자마자 공개 열애?
루미너스 P, 데이트 현장 포착!

 7112

[우성현 기자]

큰 인기를 끌고 있는 신인 걸 그룹, 루미너스의 멤버 P와 유명 보이 그룹 스트라이커의 멤버 C가 열애설에 휩싸였다. 지난 15일 온라인 커뮤니티에 P와 C가 함께 있는 걸 목격했다고 주장하는 게시물이 올라와 열애설이 빠르게 확산 중이다.

또한 같은 날, P와 C가 함께 있는 사진이 익명으로 제보되었다. 사진 속 두 사람은 먹거리를 손에 든 채 매우 친밀한 분위기를 자아내 열애설에 무게를 더하고 있다.

이와 관련해서 스트라이커의 소속사 씨메스 엔터테인먼트는 사실 확인 중이라며 말을 아꼈다. 루미너스의 소속사 더블엘은 아직까지 별다른 입장을 내놓지 않고 있다.

/온라인 커뮤니티 캡처

1. 씁쓸한 마지막

"소개합니다! 부산 국제 영화제를 빛내 줄 다섯 명의 별, 루미너스!"

수많은 카메라 플래시 때문에 눈앞이 하얗게 번졌다. 하지만 아이들은 한 치의 망설임 없이 무대로 나아가 '우리 안의 빛'을 부르기 시작했다.

눈을 감고도 출 수 있을 만큼 오랜 시간 끊임없이 연습했다. 데뷔 이후 선 무대만 해도 몸이 저절로 움직일 만큼 많았다.

언제부터일까.

우리 안에 작은 빛이 생겨난 건.

노란 조명이 관객석을 훑고 지나갔다. 동경하던 영화배우들이 눈을 동그랗게 뜨고 루미너스의 무대를 즐기고 있었다.

우아, 이거 진짜 꿈 아니지? 민아는 떨리는 마음을 다잡으며 노래를 불렀다. 부산 국제 영화제 개막식 공연이라니!

미니 1집의 마지막 무대라는 의미도 있지만, 아무나 설 수 있는 무대가 아니기에 무척 영광스러웠다. 루미너스가 영화제에 초청되었다는 소식을 처음 들었을 땐 도무지 믿기지 않아 한소아 대표에게 몇 번을 묻고 또 물었다.

지난 몇 개월의 일이 주마등처럼 스쳐 지나갔다. 데뷔 직전 터진 학폭 스캔들과 몰아치던 비난 여론을

이 악물고 버텨 내던 일이며, 음악 방송에서 처음 1위를 하고 펑펑 울었던 기억이 새록새록 했다. 펑펑 우는 바람에 눈이 퉁퉁 부어서, 다음 날 화보 찍을 때 대표에게 엄청 혼났던 일도 떠올랐다.

민아는 활짝 웃으며 앞으로 걸어 나갔다. 이제 무대 중앙에서 노래를 부르고 오른쪽에 있는 소민이와 자리를 바꾸면…….

리듬에 맞춰 앞으로 걷던 민아가 제자리에 멈춰 섰다. 시야 끄트머리로 하얀이의 복슬복슬한 머리가 뛰어들었다. 이대로라면 두 사람이 무대 한가운데에서 부딪칠 게 뻔했다.

민아는 재빨리 뒤로 돌아 하얀이의 왼쪽으로 자리를 옮겼다. 평소와 대형이 달라졌지만 때마침 쏟아지기 시작한 조명 덕분에 다행히 눈치챈 사람은 아무도 없는 듯했다.

이게 얼마나 중요한 무대인데…… 기어코 해내고

말 테다!

민아는 허리를 꼿꼿하게 편 채 다시 무대 중앙으로 걸어 나갔다. 관객석에서 터져 나온 환호성에 민아의 노래가 섞여 들었다.

하나, 둘,

불안하고 희미했던 빛들이 모여서

어둠을 밀어내며 우릴 감싸 와.

루미너스, 어둠 속의 불빛

네 마음을 눈부시게 밝혀 줄 거야.

길을 잃어도 두렵지 않아.

우리 빛으로 새 길을 비출 테니까.

소민이가, 태리가, 이어서 열음이의 목소리가 반짝반짝 무대 위로 흩뿌려졌다. 멈칫하는 하얀이의 위로 빛이 점점이 쌓였다. 실수를 만회하려는 듯 하얀이가 청아한 음색을 뿜어냈다.

ılı|||ı·ı·ıı||||ı||ı||ı··

"어떻게 된 거야?"

서슬 퍼런 민아의 목소리에 차 안 공기가 서늘해졌다. 하얀이가 입술을 깨문 채 고개를 푹 숙였다. 분위기가 더 험악해지기 전에 소민이가 얼른 끼어들었다.

"언니, 무대 다 잘 끝났잖아. 더 잘했으면 좋았겠지만, 이제 와서 화내 봤자 서로 마음만 상하지. 마음 풀자, 응?"

치켜뜬 민아의 눈에 기운 없이 늘어진 태리와 소민이가 들어왔다. 오늘따라 눈 밑의 그늘이 짙었다. 활동 기간 동안 쌓인 피곤이 마지막 무대를 끝내자마자 파도처럼 밀려드는 모양이었다.

루미너스의 일이라면 필요 이상으로 열심인 소민이에게 마음의 짐을 얹고 싶지 않아 여러 가지 일을 꾹

참아 왔다. 하지만 무대를 망칠 뻔했는데 그냥 넘어가자고?

민아는 부글부글 끓는 화를 달래려고 애를 썼지만 잘되지 않았다. 참는 것도 한계였다. 무엇이든 속에 담아 두지 못하는 성격치고는 꽤 오래 참았다. 맏언니로서 루미너스를 위해 나름 노력한 것이었다.

열음이가 갑자기 의상을 바꾸고 싶다며 우겼을 때도 이해하려고 했다. 그 바람에 원래 민아가 입기로 되어 있던 의상이 열음이에게로 갔지만 웃어넘겼다.

어쩔 줄 몰라 하는 소민이에게 민아는 신경 쓰지 말라고, 뭘 입어도 예쁜 자기 죄라고 농담을 했다. 화보를 찍을 때도 화장이나 옷으로 한껏 예민해진 아이들을 살살 달랬다.

이제 겨우 데뷔를 했을 뿐 앞으로 함께 넘어야 할 산이 많다고, 조금 인기를 얻었다고 벌써부터 마음을 놓으면 안 된다고, 돋보이고 싶은 마음은 알겠지만 루미너스를 먼저 생각해야 한다고 말하고 싶었지만 꿀꺽 삼켜 왔다.

시간이 지나면 다 잘될 거라고, 서로를 위하는 마음이 더 단단해질 거라고 생각했는데……. 그런데 이런다고? 하얀이 너까지 다른 아이들보다 더 돋보이고 싶었던 거야?

민아는 매서운 눈초리로 모두를 쏘아보았다. 아이들이 슬금슬금 눈길을 피했다.

"너희들, 정말 실망스럽다!"

기어코 한마디를 내지르고 민아는 차창 밖으로 눈을 돌렸다. 열린 창틈으로 때마침 불어온 가을바람이 시리도록 차가웠다.

호텔에 도착해서도 냉랭한 분위기는 여전했다. 아이들이 도망치듯 방으로 흩어졌다. 민아는 거실에 오도카니 서서 한숨을 폭 내쉬었다. 방에 들어가서 하얀이와 얼굴을 마주할 자신이 없었다.

갑자기 공기가 참을 수 없이 무겁게 느껴졌다. 민아는 마스크와 야구 모자를 뒤집어쓰고 방을 나섰다.

"언니, 어디 가?"

문틈으로 하얀이의 다급한 목소리가 따라왔지만 민아는 걸음을 재촉했다.

2. 뜻밖의 기분 전환

답답한 마음에 무작정 호텔을 나왔지만 딱히 갈 곳이 없었다. 민아는 부산이 처음이었다. 사실 부산이 아니라 다른 도시도 낯설기는 마찬가지였을 거다.

서울에서 나고 자란 데다 10대의 대부분을 연습실에서 보냈으니 당연했다. 노래와 춤, 그리고 어릴 적부터 좋아했던 연기. 민아의 삶에서 세 가지를 빼면 아무것도 남지 않았다.

핸드폰에 '부산에서 꼭 가 봐야 할 곳'을 검색하자

유명한 관광지가 주르르 떴다. 해운대, 광안리, 범어사……. 많고 많은 관광지 가운데 끌리는 곳이 한 군데도 없었다. 어느 곳이든 처량한 마음만 더할 것 같았다. 게다가 중석 매니저 없이 혼자 멀리 가기도 겁이 났다.

꼬르륵. 때마침 울리는 배꼽시계 소리에 민아는 제자리에 쪼그려 앉았다.

"진짜 꼴좋다, 꼴좋아! 애들하곤 싸웠지, 갈 데는 없지, 이젠 배까지 고프냐……."

짜증 내는 민아의 코로 고소한 냄새가 파고들었다. 음식 냄새가 나는 곳을 찾아 주변을 둘러보니 골목 끝에 걸린 야시장 간판이 눈에 들어왔다. 씨앗 호떡, 삼겹살말이, 물떡, 떡볶이, 아이스크림! 간판에 쓰인 글자만 봐도 침이 꼴깍 넘어갔다.

야시장이라면 사람이 북적거리니 처량한 마음도 덜할 테고, 무엇보다 배가 너무 고팠다. 민아는 벌떡 몸을 일으켜 야시장을 향해 걷기 시작했다.

"그렇지, 이거지!"

시장 입구에 서서 민아는 스스로를 칭찬했다. 플라스틱 지붕이 덮인 시장에는 늦은 시간인데도 사람들이 붐볐다. 좁은 길에 가득 들어찬 사람들을 보고 있자니 우울했던 마음이 순식간에 날아갔다.

공기에 가득 밴 음식 냄새가 민아를 시장 길 안으로 잡아끌었다. 민아는 다시 한번 마스크와 야구 모자를 잘 눌러쓰고 사람들 사이를 파고들었다.

"씨앗 호떡 드세요!"

"부산 최고의 물떡입니다!"

"삼겹살말이는 이쪽으로 줄 서 주세요."

사람들의 목소리와 웃음소리가 사방에서 들려왔다. 부산 사람들이 죄다 거리로 쏟아져 나온 듯했다.

민아는 음식을 손에 든 사람들과 길게 줄을 늘어선 사람들 사이를 천천히 헤쳐 나갔다. 평소 같으면 이렇게 북적이는 곳에는 금세 싫증을 내고 돌아섰을 텐데 오늘은 이상하게 하나도 힘들지 않았다.

또래 여자아이들이 아이스크림을 하나씩 손에 들고 까르르 웃으며 곁을 스쳐 갔다. 아이돌이라는 꿈을 좇지 않았으면 지금쯤 저렇게 지내고 있었겠지. 민아는 친구들과 길거리에서 수다를 떨고 함께 간식을 사 먹는 것처럼 평범한 추억이 하나도 없다는 게 조금 쓸쓸했다.

아이돌의 삶을 부러워하는 사람들이 많은 걸 민아도 알았다. 겉으론 다 가진 것처럼 화려해 보이니까. 하지만 조금만 들여다보면 그렇지만은 않다. 일상과 동떨어진 채 또래 아이들과는 전혀 다른 나날을 보낸다.

친구도 사귀기 힘들다. 함께 연습을 하고 시간을 보냈다고 다 친구인 건 아니니까. 다가오는 사람 안 막고 떠나는 사람 안 잡는 민아지만, 친구가 없는 건 역

시 슬펐다.

　그런 민아에게 루미너스는 친구라고 말할 수 있는 드문 존재였다. 그래서 민아는 언제나 루미너스 아이들에게 진심을 다했다.

　힘들어하는 하얀이를 살뜰히 챙기고 리더 소민이를 틈틈이 도왔다. 아이들에게 정이 담뿍 들었고, 아이들도 자신을 맏언니로 여기며 의지한다고 생각했는데……. 혼자만의 착각이었던 걸까.

　나 혼자만 친구지, 나 혼자만! 걔들은 신경도 안 쓰는데! 좀 전 일이 떠올라 괜히 눈물이 났다. 민아는 시큰거리는 코를 실룩이며 눈물을 털어 냈다. 여기까지 와서 처량하게 울고 있을 생각은 조금도 없었다.

　"쳇, 오늘 맛있는 거 잔뜩 먹을 거라고! 두고 봐!"

　부러운 눈으로 물끄러미 여자아이들을 바라보던 민아의 콧속으로 짭조름한 냄새가 밀려들었다. 허겁지겁 주위를 둘러보니 눈에 떡꼬치가 걸렸다. 빨간 양념을 바른 반지르르한 떡꼬치의 자태에 이끌리듯 가게로 걸어갔다. 줄이 꽤 길었지만 떡을 튀기고 소스를 바르는 모습을 구경하다 보니 금세 차례가 되었다.

"네 개 주세요! 간장 맛 두 개랑 매운맛 두 개요."

두 손 가득 꼬치를 받아 든 민아는 감격스러운 눈으로 꼬치를 내려다보았다. 맛있겠다……. 와락 떡꼬치를 베어 물려다 혼자 웃음을 터트렸다. 푸핫, 마스크를 안 벗었네!

그때 민아의 머리 위로 낯선 목소리가 들려왔다.

"마스크 쓰고 먹으려고?"

키가 훤칠하게 큰 남자아이였다. 마스크로 얼굴을 가려 표정을 자세히 볼 수는 없었지만 재밌는 걸 봤다는 듯 눈이 한껏 웃고 있었다.

"나 알아요? 왜 다짜고짜 반말?"

까칠하게 대꾸하고 보니 어딘가 낯이 익었다. 다갈색 눈동자가 반듯해 보였다.

빤히 노려보는 민아의 팔을 남자아이가 슬쩍 잡아
당기며 고갯짓했다.

"저기로 가자."

좁은 샛길이 보였다. 민아는 군말 없이 이끄는 대
로 따라갔다. 이렇게 사람 많은 곳에서 무슨 일이 생길
것 같지는 않았다. 무엇보다 남자아이가 왠지 낯익었
다. 분명 어디서 봤는데……. 걸어가면서 계속 떠올리
려 애를 썼지만 도무지 기억나지 않았다.

샛길은 생각보다 더 좁았다. 길가에 쌓인 물건들에
가려서 안쪽이 잘 보이지 않았다. 남자아이가 성큼성
큼 안쪽으로 걸어 들어가더니 중국집 뒷문에 놓인 상
자 위에 털썩 앉았다.

"여기서는 마스크 벗어도 돼. 아무도 못 알아볼 거
야, 박민아."

쿵, 가슴이 내려앉았다. 정체를 들킨 건가? 감춘다
고 감췄는데.

민아는 눈에 띄는 외모가 문제라고 속으로 투덜거리며 허둥지둥 모자를 눌러썼다. 양손에 든 떡꼬치 때문에 모자를 쓰는 것도 쉽지 않았다. 남자아이가 웃으며 떡꼬치를 받아 들었다.

"정신없는 거 여전하네. 너 지금 엄청 놀랐지?"

그러더니 크게 웃으며 마스크를 벗었다. 다갈색의 반듯한 눈, 오뚝한 코. 갸름한 얼굴에, 눈 아래 작은 점. 남자아이의 얼굴을 제대로 본 민아가 뒤늦게 웃음을 터트렸다.

차준하였다. 보이 그룹 스트라이커의 리드 보컬. 타고난 재능과 다정다감한 성격으로 최고의 인기를 누리고 있는 아이돌이다. 하지만 민아에게는 그저 유치원 때부터 알고 지낸 소꿉친구일 뿐이었다.

겁쟁이 차준하, 먹보 차준하, 울보 차준하. 그랬던 준하가 자기보다 먼저 데뷔해 무대에 선 모습을 볼 때마다 민아는 매번 놀랐다. 저게 그 차준하라고?

"야, 차준하! 너라고 말을 해야지. 엄청 놀랐잖아."

큰 소리로 타박하던 민아가 주위를 살피며 목소리를 낮췄다. 자칫 잘못해서 팬들이 몰려들기라도 하면 곤란했다.

보는 눈이 없는 걸 확인하고 민아는 마스크를 휙 벗었다. 그러고는 떡꼬치 하나를 빼앗아 우물거리며 옆에 걸터앉았다.

"너 되게 오랜만이다."

"한 2년 만인가?"

"그새 좀 잘생겨졌다? 카메라 마사지가 좋긴 좋네."

준하는 떡꼬치 하나를 두 입 만에 먹어 치우고 민아에게 씩 웃어 보였다. 민아는 오랜 친구의 손에서 부랴부랴 떡꼬치를 빼앗았다. 아무튼 어릴 때부터 차준하 먹성은 알아줘야 한다니까.

"이거 다 내 거야. 먹고 싶으면 네가 사 먹어."

야멸찬 민아의 말에 준하가 울상을 지었다. 그 모

습이 다섯 살 때와 똑같아 민아는 너털웃음을 지었다.

이런 준하의 본모습을 보면 팬들이 무척 실망할 텐데. 어릴 때 준하는 어리바리하고 맹한 구석이 있어서 민아에게 놀림을 많이 당했었다. 그런데 한동안 못 본 사이 조금 멋져진 것도 같았다.

"잠깐만 여기서 기다려."

빼앗긴 떡꼬치를 아쉽게 바라보던 준하가 벌떡 일어나더니 떡꼬치 가게로 뛰어갔다. 조금 후 돌아온 준하의 손에는 음료수 두 잔과 떡꼬치 다섯 개가 들려 있었다.

"이 정도는 돼야 먹었다 할 수 있지."

떡꼬치 세 개를 한입에 우물거리며 준하가 물었다.

"근데 다른 애들은 어쩌고 혼자야?"

민아는 준하의 말을 못 들은 척 떡꼬치를 열심히 씹었다. 그런 민아를 빤히 내려다보던 준하가 손가락으로 통통 민아의 모자챙을 쳤다.

"나 영화 초대권 있는데, 보러 갈까?"

민아의 표정이 환해졌다. 신이 난 민아를 보며 준하가 쿡쿡 웃었다.

"야, 너 소스 잔뜩 묻었잖아."

그러면서 휴지로 민아의 뺨을 닦아 주었다. 갑작스러운 준하의 행동에 민아가 평소답지 않게 얼굴을 붉히며 허둥댔다.

휴지를 받아 얼굴을 벅벅 문지르던 민아는 순간 흠칫, 멈췄다. 어디선가 익숙한 소리가 들렸다. 핸드폰 카메라 소리 같았다.

안 되는데, 둘이 같이 있는 사진이라도 찍히면 진짜 큰일 날 텐데……. 불안해하며 골목 밖을 두리번거리는 민아를 준하가 안심시켰다.

"괜찮아, 아무도 없어."

"응. 내가 잘못 들었나 보다."

둘은 마스크를 단단히 쓰고 샛길을 천천히 걸어 나

왔다. 아까보다 사람들이 더 많아진 것 같았다.

이리저리 떠밀리던 민아가 고개를 갸우뚱했다. 갑자기 걷기가 편해졌다. 뒤늦게 제 뒤에 버티고 선 준하를 발견하고 민아는 슬그머니 웃었다. 꽁하게 뭉쳤던 마음이 사르르 녹아내렸다.

3. 우리에게 필요한 것

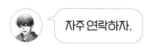
자주 연락하자.

민아는 준하가 보낸 메시지에 웃는 표정 이모티콘을 찍어 보냈다. 영화를 보고 발바닥이 아플 정도로 돌아다닌 탓에 몸이 무거웠지만 마음만은 가벼웠다.

헤어질 때까지 준하는 무슨 일인지 한마디도 묻지 않았다. 그저 민아가 즐거워할 만한 곳을 정신없이 데리고 다녔다.

쏘다니다 보면 언제 그랬냐는 듯 화가 풀리는 민아의 성격을 알기 때문이다. 설명하지 않아도 이해받는 기분에 민아는 가슴 한편이 간질간질해졌다.

호텔 거실의 불은 모두 꺼져 있었다. 예상했던 대로다. 누군가 기다리고 있을 거란 생각은 안 했다. 워낙 늦은 시간이었으니까. 그런데 왜 서운하지?

"그럼 그렇지, 뭐……."

민아는 더듬더듬 어두운 거실을 지나 방문을 열었다. 방 안에서 빛이 쏟아져 나왔다. 안으로 들어선 민아는 어색하게 문을 닫았다.

"왔어?"

멍하니 서 있는 민아를 소민이와 태리가 끌어다 침대에 앉혔다. 순순히 침대에 걸터앉은 민아 앞으로 하얀이가 쭈뼛쭈뼛 다가왔다.

"어, 언니……."

"응."

"내가 정말 잘못했어."

갑작스러운 하얀이의 말에 놀란 민아가 눈을 크게 떴다. 하얀이가 머리를 벅벅 긁었다.

"그게…… 나름 잘해 보고 싶었거든. 영화에서만 보던 스타들이 잔뜩 있는 데다 배우 선하민도 있더라니까. 나, 나중에 선하민이랑 결혼할 건데……. 미래의 남편이 딱 눈앞에 앉아 있으니까 더 잘하고 싶고, 돋보이고 싶고 그러더라고……. 잠깐만 앞으로 나갔다가 금방 제자리로 가려고 했어. 진짜야. 언니 순서 가로채려고 한 거 아니고. 정말……. 아이, 어쩌지……. 나 좀 믿어 줘."

민아는 기가 차서 하얀이를 올려다보았다. 살짝 처져 순해 보이는 눈에 커다란 눈물방울이 맺혀 있었다. 가슴이 시큰했다.

"뭘 울어……. 얼굴 부어."

민아가 부러 입을 불퉁하게 내밀었지만 역시 하얀

이였다. 투닥거리면서도 서로를 살갑게 지켜 온 사이
답게 하얀이는 민아의 화가 풀린 것을 금세 알아챘다.

"언니이!"

"뭐야, 징그러워!"

민아는 스스럼없이 덥석 안겨 오는 하얀이를 슬쩍
마주 안았다.

눈치를 보며 슬그머니 물러서 있던 태리와 소민이
가 쪼르르 쫓아와 민아의 양옆에 앉았다. 몇 주 내내
민아의 마음속에 뭉글하게 맺혀 있던 서운함이 눈 녹
듯 사라졌다. 괜히 혼자 예민했던 건 아닐까. 언니답지
못하게 꽁하게 군 일이 너무 부끄러웠다.

"여태 안 자고 있었어?"

민아의 물음에 아이들이 고개를 끄덕였다.

"언니 기다렸어."

맘 졸이며 민아가 돌아오기만을 기다렸을 아이들
을 생각하니 속이 쓰렸다.

"가자, 우리 나가자!"

아이들의 눈이 놀란 토끼처럼 동그래졌다. 민아는 벌떡 일어나 소민이와 태리의 팔짱을 꼈다.

"가서 겉옷 입고 와. 언니가 맛있는 거 사 줄게."

일찌감치 잠이 든 열음이를 두고, 넷은 호텔 밖으로 나왔다. 가을 밤바람이 꽤 서늘했다.

"저기 가자."

하얀이가 길 건너 무인 카페를 가리켰다. 넷은 팔짱을 꼭 낀 채 종종거리며 길을 건넜다. 무인 카페의 따스한 불빛이 아이들을 조용히 맞았다.

다행히 카페는 비어 있었다. 태리가 마스크를 벗으며 만세를 외쳤다.

"아, 갑갑해서 혼났네."

하얀이가 민아를 잡아끌었다.

"언니, 여기 마카롱 있어. 다쿠아즈도! 우아, 약과

까지!"

단 걸 좋아하는 하얀이는 오랜만에 간식을 보자 고
삐 풀린 망아지처럼 날뛰었다.

"언니, 난 키위 주스!"

소민이까지 덩달아 들뜬 표정이었다. 민아가 어깨
를 으쓱하며 우스꽝스러운 표정을 지었다.

"여기부터 저기까지! 전부 다 사 줄게."

킥킥킥킥! 웃음이 터져 나왔다. 와글와글 시끄럽게
떠드는 아이들을 지켜보던 민아가 대뜸 입을 열었다.

"미안해. 내가 요즘 좀 예민해져 있었나 봐. 데뷔 앞
두고 정신없이 연습할 때는 안 그랬는데, 막상 데뷔하
고 나니까 생각이 많아졌는지 괜히 서운한 게 쌓이더
라고…… 언니답지 못하게 굴어서 미안해."

"언니도 그랬어? 나는 나만 그런 줄 알았는데. 멤버
들끼리 의견이 갈릴 때마다 속으로 얼마나 화가 나고
서운하던지. 내가 너무 많은 걸 바라는 걸까, 자책도

하고……. 마음이 들쑥날쑥 널을 뛰어서 얼마나 힘들었는지 몰라."

멋쩍어하는 소민이의 뒤를 이어 태리도 맞장구를 쳤다.

"나도, 나도."

다쿠아즈를 오물오물 씹던 하얀이가 진지한 눈을 했다.

"사실 하얀이는 말이야, 요즘 좀 힘들었어. 그렇게 바라던 데뷔도 했고, 엄청나게 사랑받고 있는데 기쁜 건 잠깐이더라고. 자꾸만 불안하고, 뭔가 허전하고 그랬어."

마냥 어리광을 부리던 하얀이가 진지한 얼굴을 하자, 아이들이 숙연해졌다. 손가락을 꼬물거리던 태리가 어렵사리 입을 뗐다.

"바라던 꿈이 이루어졌다는 생각 때문에 불안한 거 아닐까? 너무 기쁘면 마음 한편에선 왠지 무섭기도 하잖아. 그게 사라질까 봐."

소민이가 자기도 불안했다며 맞장구를 쳤다.

"바라던 꿈이 이루어졌는데 기분이 이상한 거야. 이제 어디로 가야 하지? 다음 단계로 나아가야 하는데, 뭘 더 해야 하지? 더 잘해야 할 텐데, 어떡하지? 이러다 한순간에 잘못되는 건 아닐까. 그런 생각이 자꾸 들었어. 마음은 조급한데 뭘 해야 할지 정확히 모르겠으니 더 답답하고."

소민이의 말에 민아는 움찔했다. 아이들의 태도가 미묘하게 바뀐 이유를 이제야 알 것 같았다.

민아도 소민이도, 하얀이도 열음이도, 오래도록 바라던 '데뷔'라는 목표가 이루어진 것이다. 꿈을 이루고 나니 다음에는 어떻게 해야 할지 갈피가 잡히지 않는 거다. 연습생 생활이 짧았던 태리는 아직 얼떨떨한 모양이었지만 데뷔 후에 둥둥 뜬 기분은 마찬가지인 것 같았다.

이제부터 어떤 목표를 향해 달려야 하는지, 얼마나 노력해야 충분한지, 어떻게 해야 계속 사랑받을 수 있는지 도무지 감을 잡을 수 없는 것이다.

사람들에게 사랑받는 건 기쁘지만 동시에 말도 못 할 정도로 불안한 일이니까. 사랑받는 아이돌은 구름을 딛고 서 있는 존재이고, 구름 위의 삶은 단단한 땅을 디디고 있는 것과 다르니까. 계속 날지 않으면 구름 아래로 떨어질 테니까 말이다.

민아는 키위 주스를 한 입 벌컥 마시고는 아이들을 향해 돌아앉았다.

"말도 안 돼. 이게 꿈의 끝이라면 너무 시시하잖아. 우리 새로운 꿈을 꾸자. 열심히 놀고 열심히 쉬고, 그리고 천천히 다음 꿈을 생각하면 되는 거야."

호로록, 자몽 주스를 마시며 태리가 손을 번쩍 들었다.

"난 아직 꿈을 이루지 못했어."

"응? 데뷔가 꿈이 아니었어?"

하얀이가 약과 비닐을 벗기며 물었다.

"아니야."

"그럼 뭔데? 응?"

소민이가 빨리 말하라고 닦달했다.

"세계 정복."

태리가 하얀이의 약과를 뭉텅 떼어 내 한 입 베어
물었다.

"뭐?!"

아이들이 와르르 웃음을 터트렸지만 태리는 웃지
않았다.

"나, 진지해. 진심이야. 세계 제일의 아이돌이 되는
게 내 꿈이야. 노래 한 소절만 나와도 '아, 루미너스의
노래구나!' 하는 최고의 아이돌 말이야. 빌보드 차트에
도 오르고 코첼라 페스티벌에도 초대되고! 다 함께 월
드 투어를 도는 거지!"

하얀이가 태리의 손에 들린 약과를 도로 빼앗아 입에 홀랑 넣으며 웅얼거렸다.

"우리 태리 언니, 생각보다 야망이 크네. 난 매일매일 단 거 잔뜩 먹고도 0.1킬로그램도 안 찌는 걸 새로운 꿈으로 삼을래."

"그것도 좋다."

"정말 좋네!"

아이들이 다시 한번 와르르 웃었다. 어느새 다 먹어 버린 마카롱을 좀 더 사려고 일어서던 민아가 때마침 도착한 준하의 메시지에 활짝 웃었다.

"누군데 그렇게 웃어?"

미심쩍게 보던 하얀이의 눈이 보름달만 해졌다.

"차준하? 남자잖아? 뭐야, 뭐야! 언니 다 털어놔 봐, 빨리!"

"남자야?"

소민이와 태리까지 핸드폰으로 달려들었다. 민아

가 이리저리 핸드폰을 숨기며 변명했다.

"그냥 친구야, 친구!"

"무슨 친구가 오밤중에 메시지를 보내? 그것도 오늘 참 재밌었다고?! 솔직히 불어, 언니. 뭐어야아?"

하얀이가 호들갑을 떨었다. 하얀이 못지않게 야단스레 굴던 소민이가 고개를 갸우뚱했다.

"차, 준, 하? 낯익은 이름인데."

"스트라이커 리드 보컬이잖아, 차준하."

무심코 내뱉은 태리의 말에 지레 찔린 민아의 얼굴이 분홍빛으로 물들었다. 아이들이 용케 그 순간을 놓치지 않고 잡아냈다.

"꺄아악!"

날뛰는 아이들에게 오랜 친구 사이라는 말이 먹힐 리가 없었다. 그리고 준하를 그저 친구라고 하기에는 가슴이 이상하게 두근거리기도 했다.

"애들아, 다 먹었으면 얼른 가자."

괜스레 타박하는 민아의 얼굴에서 미소가 떠나지
않았다.

4. 이 마음은 뭘까?

 1집 마무리하고 뭐 해?

간단한 스케줄 몇 개 남았어. 그거 끝나면 몇 주 쉬고 다음 앨범 준비 시작하겠지. 준하 너는?

 우리는 2주 뒤부터 공식 활동 시작.

어휴, 정신 하나도 없겠다.

이번 주말까지는 잠깐 휴가라 괜찮아. 준비도 다 마무리했고. 다음 주부터 바쁘겠지.

요즘도 케이크 좋아해? 솔티드 카라멜 케이크는 앉은자리에서 세 조각도 먹잖아.

"으아악! 차준하, 그런 건 좀 잊어라."

민아는 메시지를 보내다 말고 민망함에 몸부림쳤다. 잊을 만도 하건만 준하는 민아도 기억 못 하는 민아의 일을 너무 잘 알았다. 그런 점이 당황스럽기도 했지만 가슴이 간질거리기도 했다.

민아가 메시지의 답을 고민하고 있을 때였다.

 우리 오늘 케이크 먹으러 갈까?

갑작스러운 메시지에 심장이 콩닥콩닥 뛰었다. 설

마…… 데이트?!

부산에서 돌아와서도 준하와 계속 연락을 이어 왔다. 하루에 한 번씩 서로의 안부를 묻는 시간이 은근히 기다려졌지만 민아는 별일 아니라고, 어릴 때 친구와 연락하고 지낼 뿐이라고 가볍게 여기려 애를 썼다. 하지만 그런 보람도 없이 케이크 먹으러 가자는 말에 이렇게나 가슴이 떨리다니.

"언니, 왜 그래?"

하얀이가 놀란 눈을 하고 달려왔다. 민아는 핸드폰을 하얀이에게 넘기고 이불 속으로 구물구물 기어 들어갔다. 메시지를 본 하얀이가 꺅 비명을 질렀다.

"데이트다, 데이트!"

"그런 거 아냐!"

이불 속에서 민아가 숨을 몰아쉬었다. 괜한 기대감이 풍선처럼 부풀었다.

그냥 좋아하는 케이크 같이 먹자는 것뿐이잖아. 어

릴 때 친구끼리 그럴 수도 있지. 차준하는 워낙 다정다
감한 애니까. 그런데 심장은 왜 이리 뛰는 거야?

　민아는 이불을 돌돌 만 채 몸부림을 쳤다.

　"언니! 이럴 때가 아니야. 빨리 알겠다고 답을 해야
지! 뭐 해애! 빨리이!"

　하얀이가 민아를 닦달했다.

　민아는 이불에서 고개를 내밀고 핸드폰을 받아 들
었다. 뛰는 가슴을 진정시키려고 어금니를 꽉 물고 메
시지를 써 나갔다.

　"아으, 이러면 너무 덥석 받아들이는 거 같잖아."

　민아가 메시지를 쓰다 말고 우는소리를 했다.

　"그럼 뭐가 어때서! 좋으면 좋은 거지. 내가 불러
줄게 받아써, 언니."

하얀이는 대범했다. 민아는 얌전하게 하얀이가 불러 주는 대로 메시지를 써 내려갔다.

네가 사는 거야? 케이크 맛집은 알고?

기다렸다는 듯이 답문이 돌아왔다.

 벌써 다 알아 놨지. 4시 어때?
케이크 먹고 산책도 하자.

"꺄아악!"

준하의 메시지를 보고 민아보다 하얀이가 더 호들갑을 떨었다. 그 바람에 다른 아이들까지 우르르 민아 방으로 뛰어왔다. 놀란 아이들에게 하얀이가 신이 나서 떠드는 동안 민아는 마저 약속 장소를 정했다.

"뭐 입을 건데?"

다른 사람의 일에 도통 관심이 없는 열음이까지 눈을 반짝이며 물었다.

"평소대로 입을 거야! 그냥 소꿉친구끼리 차 한잔 마시는 거니까."

민아가 별거 아니라는 듯 무심하게 말하려 애썼다.

"히히히!"

"풋!"

아이들이 와르르 웃음을 터뜨렸다. 분홍빛으로 잔뜩 달아오른 얼굴로 담담한 척해 봤자 소용없었다. 설레는 민아의 마음이 투명하게 들여다보였다.

"뭐! 왜! 왜 웃는 거야!"

민아의 얼굴이 더욱 새빨갛게 달아올랐다.

"언니, 입덕 부정기 그거 길면 보기 안 좋아."

열음이의 말에 태리가 한마디를 더 보탰다.

"맞아, 그냥 풍덩 뛰어들어. 킥킥!"

그런 거 아니야, 손을 내젓던 민아가 배시시 미소

지으며 옷장을 가리켰다.

"뭐 입을까?"

"우리가 골라 줄게!"

옷장으로 몰려가는 아이들을 보며 민아는 눈이 휘어지도록 웃었다.

준하를 친구라고 하면서도 자꾸만 기대하게 된다. 살랑살랑 봄바람 불듯 마음이 싱숭생숭했다가, 한결같이 다정한 준하의 모습에 다시 마음이 안온해졌다. 너무 혼자 앞서가지 말아야지, 다짐하며 민아는 열음이가 흔드는 치마로 손을 뻗었다.

⑴║║⑴⑴║║⑴║║⑴║⑴⑴

"아, 민아 언닌 참 좋겠다!"

하얀이는 작은 손가방을 앞뒤로 흔들며 천천히 걸었다. 1집 활동도 거의 끝났고 잠도 실컷 잤다. 오늘은 모처럼 중학교 때 친구들과 만나 유행한다는 디저트

뷔페에 갈 계획이었다. 하고 싶은 걸 잔뜩 하면서도 자꾸만 민아가 부러웠다.

내가 좋아하는 사람이 나를 좋아한다는 건 어떤 걸까? 달고 폭신한 솜사탕 같은 마음이 되는 걸까? 언젠가는 나에게도 좋은 사람이 생길까?

이런저런 생각을 하고 있는데, 골목 끝에서 친숙한 목소리가 하얀이를 불렀다. 하얀이는 종종거리며 친구들에게 달려갔다.

"하얀아, 잘 지냈어?"

"아이돌 되고 더 예뻐졌다!"

윤희, 예지와는 중학교 내내 친하게 지냈다. 데뷔하고 하얀이가 학교에 자주 못 나가게 되고도 연락이 끊기지 않은 건 둘뿐이었다.

하얀이는 친구들의 팔짱을 꼈다. 걸으면서 윤희와 예지는 학교 일을 쉬지 않고 떠들었다. 하얀이는 친구들의 이야기를 사막에 내리는 비처럼 빨아들였다.

담임 선생님의 결혼식 이야기며 제주도 현장 체험 학습 이야기, 며칠 앞둔 시험에 대한 걱정과 사귄 지 세 달 된 예지의 남자 친구 이야기까지.

"그래서 저번에 남자 친구가 갑자기 불러서 나갔더니 초콜릿을 주는 거야."

"완전 감동이었겠다. 예지, 네 남자 친구 진짜 다정하다니까! 부럽다!"

예지와 윤희가 계속 말을 주고받았다.

하얀이는 아이돌이 된 걸 한 번도 후회한 적이 없었다. 하지만 아주 가끔 윤희나 예지의 이야기를 들을 때면 마음이 이상했다.

자기만 빼고 아이들은 원래 있어야 할 곳에서 차근차근 자라고 있었다. 친구를 사귀고, 다투고, 연애를 하고 헤어지며 커 갔다.

가끔은 연애하는 친구들이 참을 수 없을 만큼 부러웠다. 두근두근 가슴 뛰는 경험도 궁금했다. 좋아하는 사람에게 좋아한다는 말을 들으면 가슴이 얼마나 콩닥콩닥 뛸까?

"하얀이는 남자 친구 못 사귀지? 아이돌이니까."

갑작스런 예지의 말에 하얀이는 혼자만의 생각에서 빠져나왔다. 예지와 윤희가 자신을 뚫어져라 보고 있었다.

"야아, 갑자기 곤란한 걸 물으니까 하얀이가 말을 못 하잖아."

윤희가 하얀이의 눈치를 보며 말했다. 어쩐지 분위기가 어색해진 것 같아 하얀이는 헤헤 웃으며 손을 팔랑팔랑 내저었다.

"아니야, 괜찮아. 아이돌도 사람인데 연애하지. 다들 말을 안 해서 그렇지, 몰래 사귀는 사람도 꽤 있다고 들었어."

하얀이의 말에 예지가 신이 나서 끼어들었다.

"맞다, 나 인터넷에서 봤는데 스트라이커 차준하가

블루시트러스 이청이랑 사귄다며?"

차준하라고? 하얀이는 발끈했다.

"아냐! 절대로 아니야."

"너 뭐 아는 거 있어?"

"오! 역시 연예인이라 정보가 다르네! 이청 아니면 누군데?"

윤희와 예지의 눈이 호기심으로 반짝였다. 하얀이 는 흡, 입을 오므렸다.

"와, 너무해. 친구 사이에 비밀인 거야?"

"우린 너한테 다 말하는데……."

예지의 눈에 서운함이 가득했다. 윤희도 말을 아꼈 지만 섭섭하긴 마찬가지인 것 같았다.

'아, 어쩌지…….'

망설이던 하얀이는 살그머니 입을 열었다.

"오늘 민아 언니가 차준하랑 같이 케이크 먹으러 간다고 했거든. 아! 물론 둘이 사귀거나 그러는 건 아

니야. 하지만 이청하고 사귀면 차준하가 다른 사람이
랑 놀러 가겠어?"

말을 하다 말고 하얀이가 황급히 친구들에게 다짐
을 받았다.

"진짜 이거 너희만 알고 있어야 해. 절대 아무 데서
도 말하면 안 돼!"

"당연하지."

윤희와 예지가 걱정 말라며 손을 휘휘 저었다.

괜히 발끈해서 하지 말아야 할 말을 했다는 후회가
밀려들었지만 이미 벌어진 일이었다.

하얀이는 제 입을 두어 번 탁탁 치고는 부산 영화
제 이야기로 말을 돌렸다. 미래의 남편 선하민을 만난
이야기에 윤희와 예지가 비명을 질렀다.

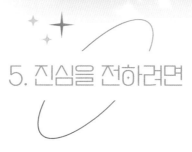

5. 진심을 전하려면

민아는 거울에 비친 제 모습을 만족스럽게 바라보
았다. 아이들이 골라 준 초록색 체크무늬 치마와 베이
지색 카디건이 얼굴을 더욱 돋보이게 했다. 민아는 자
기 얼굴이 참 좋았다. 남들이 들으면 재수 없다고 생각
할지도 모르지만, 예쁜 건 사실이니까.

긴 머리를 느슨하게 잡아 정수리 위에 동그랗게 말
아 묶고, 작은 가방을 맸다.

준비 끝! 지금 출발하면 준하와 약속한 시간에 딱

맞춰 도착하겠다.

"잘 다녀와, 언니."

기분 좋게 방을 나서는데 태리가 민아의 팔을 살며시 잡았다. 묻고 싶은 게 잔뜩 있다는 표정이었다. 민아가 혀를 날름 내밀었다.

"언니가 다녀와서 데이트 체험기 완전 생생하게 말해 줄게. 기다리고 있어, 알았지?"

"응!"

태리가 환하게 웃으며 배웅했다. 막 신발을 신으려는데, 핸드폰이 위잉위잉 춤을 췄다.

'이모.'

핸드폰에 찍힌 글자를 본 민아의 표정이 와락 우그러졌다. 이모가 전화하는 일은 거의 없다. 바꿔 말하면 큰일이 있을 때에만 전화를 한다.

가뜩이나 준하와 만나는 게 찔리던 차였다. 민아는 손안에서 울리는 핸드폰을 한참 바라보다가 끊기기 직

이모💜

나중에 보기   메시지

거절   응답

전에 아슬아슬하게 받았다.

"뭐 하느라 전화를 늦게 받아."

핸드폰에서 울리는 이모 목소리가 날카로웠다. 민
아는 귀찮다는 듯 건성으로 대답했다.

"무슨 일인데, 이모."

"할 얘기가 있으니까 지금 바로 와."

이모는 할 말만 하고 전화를 뚝 끊었다. 모처럼 아
무 스케줄 없는 날인데. 민아에게 다른 약속이 있을 거
란 생각을 조금도 해 보지 않은 게 분명했다.

민아는 핸드폰을 보며 숨을 몰아쉬었다. 뭔지 몰라
도 정말 중요한 일인 것이 분명했다. 어쩔 수 없이 한
숨을 쉬며 준하에게 메시지를 보냈다.

이모가 갑자기 좀 보자고 하네.

오늘 약속은 취소해야겠다. 미안.

기다렸다는 듯이 준하에게서 메시지가 왔다.

 늦어도 괜찮아. 끝나고 연락 줘.

준하의 목소리가 들리는 것 같아 민아는 핸드폰을 들여다보며 싱긋 미소 지었다.

좋았어, 빨리 이모를 만나고 준하한테 가야지!

민아는 신발을 꿰어 신고 씩씩하게 숙소를 나섰다.

⠀⠀⠀⠀⠀⠀⠀⠀⠀⠀⠀⠀⠀⣀⣀⣀⣀⣀⣀

"그게 무슨 소리야?"

민아가 이모를 노려보았다. 감정을 잘 숨기지 못하는 민아의 얼굴이 한여름 태양처럼 새빨갰다.

"똑바로 알아들었으면서 뭘 다시 물어. 너한테 드라마 조연 제안이 들어왔는데, 소속사 차원에서 거절했다고."

금방이라도 터질 것처럼 빨간 조카의 얼굴과는 대조적으로 한소아 대표의 얼굴은 평온했다.

"왜? 좋은 기회잖아! 왜 거절했어, 이모? 나한테 한마디 말도 없이?"

"지금 말하잖아."

"거절하기 전에 말했어야지!"

발을 동동 구르는 민아의 얼굴을 한 번 힐끔 보고, 한소아 대표는 무서운 속도로 태블릿에 띄운 전자 서류를 읽어 내렸다. 결정해야 할 중요한 일들이 산더미처럼 쌓여 있었다.

루미너스는 1집 〈블루 문〉 활동을 끝내고 휴식기에 들어가겠지만 한소아 대표는 이제부터가 더 바빴다. 곧이어 발표할 미니 2집 앨범의 노래를 선택해야 하고, 안무와 의상 콘셉트를 정하는 일도 밀려 있었다. 그 다음 싱글 앨범에 들어갈 곡도 만들어야 한다.

아이들의 개성에 맞는 활동을 정하는 것도 중요한

일 가운데 하나였다. 소민, 태리, 열음, 하얀 그리고 민아. 각자의 재능에 따라 어떤 아이는 예능 방송에 출연할 것이고 어떤 아이는 작곡과 작사에 집중해서 솔로 앨범을 낼 것이다.

민아는? 한소아 대표는 날카로운 시선으로 조카를 뜯어보았다.

어릴 때부터 연기를 하고 싶어 하긴 했다. 연기도 곧잘 했다. 눈에 띄는 예쁜 얼굴도 분명 연기자로 나쁘지 않았다. 그렇다고 뛰어난 배우들 사이에서 살아남을 만큼 준비가 되어 있을까?

한소아 대표는 냉정하게 고개를 저었다. 아니다, 그렇지 않다. 준비되지 않은 재능은 독이 될 수도 있다. 인기 있는 아이돌을 조연으로 내세워 드라마 홍보에 덕을 보려는 얄팍한 수에 조카가 이용당하게 두고 싶지는 않았다.

무엇보다도 민아가 얼마나 연기에 진심인지 확실

하지 않았다. 좋아하는 것 이상의 책임감이 필요한 일이었다.

이모의 마음을 알 리 없는 민아는 그야말로 펄쩍 뛰었다. 연기하고 싶어 하는 걸 빤히 알면서 혼자 멋대로 결정을 내린 이모가 야속했다.

"이모오오! 싫다고오! 나 그거 하고 싶다고!"

있는 대로 성질을 부리는 민아 뒤로 벌컥 문이 열렸다. 한소아 대표의 얼굴이 난처함으로 물들었다.

민아는 소리를 지르다 말고 이모의 시선이 닿은 곳으로 고개를 돌렸다. 문 앞에 소민이가 서 있었다.

"어, 죄송합니다! 대표님이 부르셔서 왔는데……. 제가 너무 일찍 도착했나 봐요."

소민이가 민아와 한소아 대표를 번갈아 보며 어색하게 웃었다.

"다음에 다시 이야기하자."

그만 가 보라는 이모에게 민아는 마지못해 고개를

끄덕여 보이고 대표실을 나왔다.

민아는 서둘러 준하를 만나기로 약속한 케이크 카페로 갔다. 그렇지만 결국 두 사람이 마음 놓고 케이크를 먹을 수 있는 곳은 준하의 집뿐이었다.

케이크를 포장해 집으로 가니, 준하 엄마가 민아를 반갑게 맞아 주었다. 요만할 때 봤는데 어느새 커서 텔레비전에 나온다며, 저녁밥까지 꼭 먹고 가라는 말을 덧붙였다.

"살 안 찌는 걸로 만들어 줄게."

준하 엄마의 말에 민아는 좋다며 사 온 케이크를 식탁에 부려 놓았다.

"저녁도 먹고 간식도 먹고 갈게요."

"그럴래? 온 김에 아줌마랑 실컷 놀고 갈까?"

"엄마!"

대뜸 준하가 싫은 티를 내자 민아가 깔깔 웃으며 준하 엄마를 안았다. 이모나 마찬가지로 가까웠던 준

하 엄마를 오랜만에 다시 만나니 어쩐지 애틋한 기분
이 들었다.

케이크를 다 먹자마자 준하가 벌떡 일어났다.

"우리 들어간다."

엄마 껌딱지였던 주제에 많이 컸네. 민아는 픽 웃
었다.

보면 볼수록 지난날의 준하가 아니었다. 이런 아들
의 모습이 익숙한지 준하 엄마가 서운한 기색도 없이
민아에게로 눈을 돌렸다.

"민아야, 꼭 저녁 먹고 가. 다 되면 부를게."

민아는 고개를 끄덕여 보이고 준하와 함께 방으로
올라갔다.

준하의 방은 익숙하면서도 낯설었다. 어릴 적부터
쓴 책장에는 장난감 대신 책이 가득 쌓여 있었다.

"너, 무슨 일 있어?"

갑자기 준하가 물었다. 민아는 슬쩍 고개를 들어

준하를 보았다. 준하가 걱정스러운 눈으로 민아를 보고 있었다.

"아까부터 계속 멍하고, 이야기에 집중도 못 하는 것 같고, 무엇보다 너…… 눈 주위가 빨개. 뭔가 화났을 때 그러잖아. 너답지 않게 끙끙거리지 말고 어서 털어놔 봐."

준하가 진지한 얼굴을 했다. 준하를 마냥 바라보던 민아는 생각했다. 어엿한 연예계 선배 같다고. 준하는 언제 저렇게 자란 걸까. 울며 뛰어와 등 뒤에 숨던 꼬마 준하는 어디로 가 버린 걸까.

말없이 빤히 보는 민아의 시선에 준하의 얼굴이 불그스름해졌다.

"야, 그렇게 쳐다보면 나 설렌다."

준하가 시선을 피하며 우물거렸다.

"뭐래, 꼬마 준하 주제에."

하하하, 민아는 부러 크게 웃으며 준하의 등을 세

게 쳤다.

"윽!"

준하가 등을 벅벅 문지르며 다시 물었다.

"그러니까 어서 털어놔 봐. 뭔데?"

한참을 망설이던 민아가 입을 열었다. 이모가 드라마 출연 제안을 거절했다는 이야기며, 데뷔하자마자 갑자기 얻은 인기에 겁이 난다는 이야기, 자기를 믿어 주지 않는 이모에게 화가 난다는 이야기까지. 스스로도 놀랄 만큼 줄줄이 이야기가 계속됐다.

"어이쿠, 박민아는 맘속에 담아 두면 병나는데! 그동안 답답해서 어떻게 살았냐……."

준하가 민아의 똥머리를 가볍게 통통 두드렸다.

"그러게……. 이모한테 화가 나면서도 이런 생각이 드는 거야. 내가 화나는 이유가 단지 배우가 될 기회를 놓쳤기 때문인가? 난 정말 자신 있나? 아이돌이어서 드라마 출연 제안을 받은 건 맞잖아. 내 연기 실력을 검증받지도 못했는데."

"너 어려서부터 연기하고 싶어 했잖아."

"맞아, 하고 싶어 했지. 너무너무 하고 싶었지. 그래서 이렇게 연기를 시작하는 게 맞나, 하는 생각이 더드는 거야. 제대로 준비되지 않았는데 연기를 시작하면, 내가 진지하다는 걸 아무도 모를 거 아냐. 이모 말대로 아직은 때가 아닌 걸까?"

"이모한테 네 마음을 솔직하게 이야기해 봐. 들어주실 거야."

"그렇긴 하겠지. 근데 이모 말이 맞다고 인정하는게 너무 분해. 이모한테 진 거 같은 기분이 들고. 내 연기 실력이 아직 모자라다는 걸 인정하려니 자존심도 상하고."

민아는 한결 편해진 얼굴로 씨익 웃었다. 준하에게 털어놓으니 마음이 조금은 가벼워졌다.

민아를 따라 환하게 웃던 준하가 갑자기 아! 소리

치더니 주섬주섬 책상 뒤에 있는 커다란 종이 상자를
꺼내 왔다.

"이거 너 보여 주고 싶어서."

준하가 상자를 뒤적거리더니 안에서 핸드폰을 꺼
냈다. 꽤 오래되어 보이는데도 자주 사용하는지 충전
되어 있었다.

준하가 한참 동안 핸드폰을 만지작거리더니 민아
에게 들이밀었다. 얼떨결에 화면을 들여다본 민아의
얼굴이 빨개졌다.

"으아, 이게 뭐야! 〈백설 공주〉잖아? 초등학교 3학
년 학예회였나?"

이 영상을 왜 보여 주는 거지? 의아해하던 민아는
불현듯 깨달았다. 아, 힘내란 건가…….

준하의 따스한 응원에 그간 쌓였던 서러움이 울컥
올라왔다. 민아는 코를 훌쩍이며 상자 안을 힐끔 봤다.

"뭐가 이렇게 많아."

“앗, 안 돼!”

준하가 필사적으로 상자 뚜껑을 닫았지만 그럴수록 민아의 호기심을 자극할 뿐이었다. 억지로 상자를 빼앗아 열어 본 민아는 이내 얼굴이 분홍빛으로 물들었다.

상자 안에는 민아의 어릴 때 사진과 민아에게서 받은 편지와 쪽지, 선물이 가득했다. 이걸 하나도 안 버리고 간직한 거야?

민아와 눈이 마주친 준하의 뺨이 불그스레 물들었다. 어색해진 민아가 키득키득 장난을 쳤다.

“어휴, 이게 다 뭐래. 사람들이 보면 네가 나한테 마음 있다고 오해하겠다.”

잠자코 있던 준하가 씁쓸하게 웃었다.

“오해 아닌데. 사실이니까.”

“뭐?! 음…… 어, 어.”

민아는 눈을 빠르게 깜박이다 배시시 웃었다.

쿡, 쿡쿡! 두 사람은 웃음을 터트렸다. 둘의 웃음소리를 가르며 핸드폰 영상 속 어린 민아가 소리쳤다.

"거울아 거울아, 세상에서 누가 제일 예쁘니?"

준하가 눈물을 닦으며 말했다.

"겁먹지 말고 네 마음 가는 대로 해. 언제나 연기하고 싶어 했잖아. 넌 잘할 거야. 내가 알아."

6. 엎질러진 물

따리리링, 따리리링!

아, 벌써 일어날 시간이야! 민아는 알람 시계를 힘껏 내려쳤다. 그 바람에 시계가 탁자 아래로 떨어졌다.

"으악!"

하얀이가 선물한 탁상시계였다. 짙은 밤색 나무 테두리와 금빛 장미 장식이 일부러 맞춘 듯 민아 마음에 쏙 들었다.

후다닥, 시계를 살피며 민아는 안도의 한숨을 쉬었

다. 다행히 망가진 데는 없었다. 모처럼의 휴식 시간을 쪼개서 골동품 거리를 뒤졌을 하얀이의 마음을 생각하니 손안의 시계가 따뜻하게 느껴졌다.

하얀이가 깨지 않도록 사부작사부작 이불을 정리하고 소리 나지 않게 살며시 방문을 열었다. 오늘 일정을 시작하기 전에 이모랑 한 번 더 이야기해 볼 생각이었다.

"잘 잤어, 언니?"

거실에서 책을 읽고 있던 소민이가 반갑게 아침 인사를 했다.

"왜 이렇게 일찍 일어났어?"

물어 놓고 민아는 어제 일이 떠올라 움찔했다. 한소아 대표가 이모인 걸 알게 된 충격으로 잠을 못 잔 건 아니겠지?

눈치를 살피던 민아는 자기를 향해 빙긋 웃는 소민이를 보며 슬며시 숨을 내쉬었다. 다행히 소민이는 평소와 다르지 않은 것 같았다.

"오늘 대표님 만나고 나면 진짜 1집 활동 끝이잖아. 싱숭생숭해서 잠이 와야지. 자꾸 깨서 그냥 일어나 버렸어."

그럴 만도 했다. 한소아 대표와 다 함께 식사를 하고 나면 모든 공식 활동이 끝난다. 2주 동안 각자의 집으로 가서 짧은 휴식 시간을 갖는 거다. 1년이 다 되도록 매일같이 붙어 있었는데……. 집으로 돌아가서도 아이들이 무척 보고 싶을 것 같았다.

민아는 소민이의 어깨를 토닥이고 화장실로 들어갔다. 여러 명이 되는 대로 쓴 탓에 너저분한 화장실이 오늘따라 정겹게 느껴졌다.

"언니 먼저 씻는다."

"나도 같이 들어가도 돼? 이 닦으려고."

소민이가 졸졸 따라왔다.

"되게 복잡한 표정이네."

소민이가 칫솔을 꺼내며 슬쩍 물었다.

뜨끔, 찔렸지만 더 이상 감출 수 있는 일이 아니었다. 민아는 얼굴에 팩을 바르며 웅얼웅얼 속마음을 털어놓았다.

"드라마 때문에."

"못 하게 돼서 속상하지?"

소민이의 눈이 강아지처럼 촉촉해졌다. 그게 귀여워 민아는 말을 꺼내다 말고 웃음을 터트렸다.

"괜찮아. 점심 먹기 전에 다시 한번 말해 보려고."

소민이가 칫솔을 입에 문 채 우물거렸다.

"이모한테 혼날 텐데 안 무서워? 이모! 이모! 한테 말이야."

소민이가 빙글빙글 웃으며 민아를 뚫어지게 쳐다보았다.

민아는 팩을 바르다 말고 어깨를 움츠렸다. 한소아 대표가 이모라는 걸 왜 말하지 않았냐고 화를 내는 게

차라리 덜 무서울 거 같았다. 저렇게 웃으면서 빤히 쳐다보는 소민이는 정말 무섭다. 원하는 대답을 듣기 전에는 절대 포기하지 않으니까.

민아는 핸드폰을 슬쩍 보았다. 7시 35분. 다른 아이들이 일어나려면 30분은 시간이 있었다. 이왕 이렇게 된 김에 소민이에게 남김없이 털어놓는 게 좋을 것 같았다.

민아는 마른침을 삼키고 입을 열었다.

"어제 많이 놀랐지?"

"응, 많이 놀랐어. 어찌나 놀랐는지 밤에 잠이 안 오더라고."

자신을 지긋이 바라보는 소민이에게 민아는 어색하게 웃어 보였다.

"저기…… 소민아, 일부러 숨기려고 한 건 아니야. 아니다, 솔직하게 말할게. 일부러 말 안 한 거 맞아. 내가 말하지 말자고 했어, 이모한테. 내가 대표님 조카라

는 거 애들이 알면 특혜니 낙하산이니 말이 나올 거 같
아서. 아이들이랑 잘 지내기도 힘들 거 같고. 그래서
말 안 했어. 괜한 오해받기 싫어서."

소민이가 우글우글 입을 헹구고 고개를 끄덕였다.

"언니가 왜 숨겼는지는 알겠어. 태리 봤잖아. 진짜
조카도 아닌데 그 난리가 났잖아. 아마 언니가 조카인
거 알았으면 훨씬 심했을 거야. 그런데……."

소민이가 민아의 손에서 화장품 통을 낚아챘다. 바
르다 만 팩을 민아 얼굴에 마저 발라 주며 소민이가 말
을 이었다.

"어제 침대에 누워서 생각 많이 했어. 언니가 왜 숨
겼는지도 알고, 그게 옳은 것도 알겠는데…… 왜 이렇
게 마음이 싱숭생숭하고 섭섭할까……. 한참 생각하다
보니 알겠더라. 내가 언니를 무척 가깝게 여겼나 봐.
그동안 언니한테 의지를 많이 했거든. 친하고 가깝다
고 믿었던 언니가 그렇게 큰 비밀을 숨기고 있었다고

생각하니, 엄청 서운했던 거지."

팩 때문에 파래진 얼굴로 민아가 소리쳤다.

"나도 너랑 가깝다고 생각해!"

민아의 얼굴을 본 소민이가 웃음을 터트렸다.

"언니, 파란 얼굴로 그렇게 말하니까 무섭잖아. 공포 영화다 완전!"

따라 웃으려던 민아가 눈을 끔벅였다.

"팩이 굳어서 얼굴이 땅겨. 이러다 주름 생기겠다."

허둥지둥 얼굴을 닦으며 민아가 고백하듯 담담히 말했다.

"저번에 부산에서 혼자 나갔을 때 말이야. 야시장에 내 또래들이 많더라고. 같이 군것질도 하고 수다도 떠는데, 그게 어찌나 부럽던지. 나는 그렇게 가까운 친구가 한 명도 없었거든. 그러다 호텔로 돌아갔는데 너희들이 나를 기다리고 있었잖아. 울컥하더라. 눈물 참느라 혼났어. 나한테도 이렇게 나를 걱정해 주고 기다려 주는 가까운 사람이 있구나…… 이런 게 친구가 아닐까, 그런 생각이 들었어."

조용히 민아의 이야기를 듣던 소민이가 코를 훌쩍였다.

"다행이다. 난 나만 혼자 정이 들었나 보다 생각했거든. 역시 아이돌 세계에서 친구란 건 사치구나 했어. 예전에 다리 부러졌던 사고도 생각나고. 그래서 좀 힘들었어, 어제는."

민아는 소민이의 팔을 꼭 안았다. 이번 일이 소민이의 묵은 마음의 상처를 헤집을 줄은 몰랐다.

"미안해, 소민아. 이모 얘기 숨긴 거 정말 미안해. 하지만 나는 우리가 진짜 좋은 친구라고 생각해. 어려운 시절도 같이 견뎠고, 고민도 이야기하고, 비밀도 나누잖아. 이게 친구지 뭐가 친구겠어."

맞다며 소민이가 힘차게 고개를 끄덕였다.

"그래서 다시 물어보는 건데. 언니의 현재 가장 큰

고민 말이야, 드라마! 진짜 대표님한테 다시 말할 거야? 연기하고 싶다고? 화 많이 내실 텐데. 대표님 화내실 때 정말 무섭잖아."

민아가 부르르 몸을 떨며 눈을 굴렸다.

"무섭지. 화난 이모는 세상에서 가장 무섭지만, 그래도 제대로 말도 못 한 채 지나가면 정말 후회할 거 같아서. 연기에 대한 내 마음은 진심이니까. 기회가 왔는데 놓치면 너무 속상할 거 같아."

소민이가 이해된다며 코를 찡그렸다. 원하는 걸 못하는 마음을 누구보다 잘 알기에 민아를 말릴 수가 없었다. 게다가 고집 센 민아가 자기 말을 들을 것 같지도 않았다.

지금 보니 어떻게 몰랐나 싶을 정도로 한소아 대표를 빼닮았다. 시원시원한 이목구비며 고집까지 딱 한소아 대표였다. 그러니 휘어질 줄 모르는 두 사람이 부딪치는 것도 당연했다.

"민아 언니, 안에 있어? 빨리 나와 봐……."

문밖에서 들리는 열음이의 목소리가 심상치 않았다. 화장실을 너무 오래 차지하고 있어서 짜증이 났나? 소민이와 민아는 빼꼼 얼굴을 내밀었다.

민아가 열음이에게 뻘쭘하게 웃어 보였다.

"열음아, 미안. 화장실 다 썼어."

열음이가 굳은 얼굴로 핸드폰을 내밀었다.

"조심 좀 하지!"

응? 영문을 몰라 어리둥절하던 민아의 눈이 크게 벌어졌다. 핸드폰에 자신의 사진이 떠 있었다. 하얀 야구 모자에 검은색 점퍼를 입은 민아. 그리고 옆에서 웃고 있는 준하.

민아는 애써 기억을 더듬었다. 야시장 골목에서 들렸던 카메라 소리가 머릿속을 스쳤다. 어떻게 하지?

삐이이, 날카로운 이명이 귀를 찔렀다. 숨이 잘 쉬어지지 않았다.

물에서 억지로 끌려 나온 물고기처럼 뻐끔거리는 민아의 팔을 누군가 힘차게 잡았다.

"민아야, 괜찮아."

한소아 대표였다. 급하게 달려왔는지 평소와는 다르게 흐트러진 모습으로 숨을 몰아쉬고 있었다.

민아는 참았던 울음을 터트렸다.

"이모! 나 무서워!"

⼗⼗⼗⼗⼗⼗⼗⼗⼗⼗⼗

혼란에 빠진 아이들을 중석 매니저에게 맡기고 한소아 대표와 민아는 사무실로 향했다.

"하나도 빠트리지 말고 전부 말해. 그래야 대책을 세울 수 있어."

한소아 대표는 냉정하다 싶을 만큼 사무적인 태도로 기사가 인쇄된 종이를 내밀었다. 조카의 눈물에 마음이 약해졌던 이모의 모습은 이미 사라지고 없었다.

민아는 숨을 크게 훅 들이쉬고는 기사를 차근차근 읽었다.

큰 인기를 끌고 있는 신인 걸 그룹, 루미너스의 멤버 P와 유명 보이 그룹 스트라이커의 멤버 C가 열애설에 휩싸였다. 지난 15일 온라인 커뮤니티에 P와 C가 함께 있는 걸 목격했다고 주장하는 게시물이 올라와 열애설이 빠르게 확산 중이다.

사진 속 준하와 민아는 떡꼬치를 든 채 환하게 웃고 있었다. 지금쯤 준하는 어쩌고 있을까? 준하가 걱정되었지만 차라리 잘된 일일지도 모른다는 생각이 들었다. 이왕 이렇게 된 거 그동안 고민했던 준하와의 관계까지 전부 털어놓자. 마음을 다잡는 민아에게 한소아 대표가 차갑게 말했다.

"그러니까 준하랑은 진짜 만나는 거야, 아니야? 이

런 기사가 루미너스에 폐를 끼칠 수 있다는 거, 누구보다 잘 알잖아. 잘 아는 애가 왜 이런 어리석은 일을 만들어? 조심했어야지!"

냉정한 대표의 말에 민아가 발끈했다.

"그렇게 잘못 추궁하듯 이모 할 말만 하면 다야?"

"뭐?"

한소아 대표가 얼굴을 잔뜩 일그러트린 채 입을 꾹 다물었다.

한참 동안 입을 닫고 있던 대표가 미안하다는 듯 눈썹을 늘어트렸다.

"그래, 알았어. 이모가 말이 좀 심했어. 들을 테니까 하고 싶은 말 있으면 해 봐."

민아가 주춤주춤 말을 꺼냈다.

"준하랑은 두 번 만난 게 다야. 부산 영화제에서 우연히 만나서 그 후로 계속 연락했어. 좋아하기는 하지만 사귀는 건 아니야. 만약 이번 일 때문에 루미너스에 문제가 생긴다면 내가 루미너스를 그만둘게. 이모가 루미너스를 얼마나 아끼는지 내가 아는데, 잘못되게 둘 수는 없어…….”

한소아 대표가 어이없다는 듯 헛웃음을 지었다.

“지금 네가 해야 할 말은 그만두겠다는 말이 아니야. 어떻게 이 일을 헤쳐 나갈지 의논을 해야지. 그리고 네가 루미너스를 그만두겠다고 하는 이유가 열애설 때문만은 아니라는 것쯤은 알고 있어.”

“안다고? 그걸 어떻게……?”

“어떻게 알긴. 요즘 네 얼굴에 고민 많다고 쓰여 있잖아. 그렇다고 그만두니 어쩌니 어리광을 부려? 걱정되는 건 이해해. 인기가 많아질수록 사람들의 기대도 점점 더 커지니까 부담이 되지? 특히 민아 넌 아이돌 치곤 데뷔가 늦었으니 마음이 더 급할 거야. 더 잘하고 싶은데, 시간이 없는데, 언제까지 아이돌을 할 수 있을지 모르는데, 하면서 고민이 많겠지. 그래서 연기니 뭐니 다른 생각도 하는 걸 테고."

"어떻게 그걸⋯⋯."

놀란 표정을 하는 민아를 보며 한소아 대표가 피식
웃었다.

"그런 고민을 한 게 너뿐이었겠니?"

아! 이모도 아이돌이었지! 이모도 같은 고민을 했
었다고 생각하니 조금 위안이 됐다.

민아가 가까스로 용기를 끌어모아 속마음을 털어
놓았다.

"그런데 왜 드라마를 하지 말래? 나 그 드라마 출연
하고 싶어. 연기하고 싶다고. 이모가 걱정하는 것처럼
한눈파는 거 아니야. 진심이라고. 내 실력이 모자라는
거 알아. 그래서 고민도 많이 했어. 지금 연기를 시작
하면 아무도 내 꿈이 원래 연기자였다는 걸 알아주지
않을 수도 있겠지. 아이돌이어서 운 좋게 연기자로 데
뷔하고 이것저것 되는 대로 손에 잡히는 거 하는구나,

이렇게 욕먹을 수도 있다는 거 알아. 하지만 좋은 기회
잖아. 하면서 배우기도 하잖아. 다른 아이돌도 다 그렇
게 하는데 왜 나만 안 돼?"

민아가 채 말을 끝마치기도 전에 한소아 대표가 끼
어들었다.

"정말 연기가 하고 싶다면, 좋아. 해! 하지만 그 드
라마는 안 돼! 이미 거절한 걸 번복하는 것도 이상해
보이고, 무엇보다 진짜로 네가 연기를 하겠다면 어떤
선택을 하고 지금부터 무얼 해야 하는지 좀 더 깊이 고
민할 필요가 있어. 성급하게 제대로 생각도 하지 않고
덤비지 말고."

"생각 안 해 본 거 아니라니까! 정말 연기가 하고
싶은 거라니까!"

민아가 바락바락 소리쳤지만 한소아 대표는 눈 하
나 깜짝하지 않았다.

"만약 네가 깊이 생각해서 진지하게 연기를 시작하

고 싶은 거라면 더더욱 그 드라마는 안 돼. 내가 왜 이런 말을 하는지 이유를 알려 줄 수도 있겠지. 하지만 지금은 말 안 할 거야. 스스로 생각해 봐. 그러고 나서 다시 이야기하자."

"그냥 좀 알려 주지!"

민아는 씩씩 숨을 몰아쉬었다.

지금은 왜 안 된다는 건지 말해 줄 때까지 이모를 붙잡고 떼를 쓰고 싶었다. 하지만 그러기에는 이모를 너무 잘 알았다. 혼자 생각해 보라고 했으니 절대 이유를 말해 주지 않을 거였다. 이제는 물러서서 스스로 답을 찾아야 할 때였다.

"그리고 준하도 이제 그만 만나. 알았지? 더 이상은 안 돼!"

"뭐든 이모 맘대로지!"

민아는 들으란 듯이 문을 쾅 닫고 사무실을 나섰다. 유치한 행동이라는 걸 알았지만 마음속에서 분노

가 끝없이 끓어올랐다. 준하도 연기도 아무것도 뜻대
로 할 수 없다는 게 참을 수 없이 슬펐다.

7. 후회, 실망, 다시 후회

아까부터 하얀이는 방 안을 뱅글뱅글 돌고 있었다.
도무지 진정을 할 수가 없었다. 도대체 어떻게 민아와
준하의 일이 새어 나간 걸까?

중석 매니저는 온라인 커뮤니티를 중심으로 소문
이 돌기 시작한 것 같다고 말했다. 자세한 건 알아보고
있다고, 너무 걱정 말라며 아이들을 다독였지만 다들
넋이 나간 얼굴이었다.

아이돌의 연애가 얼마나 큰일인지 모두 알고 있었

다. 게다가 루미너스는 아직 신인 걸 그룹이어서 이미지에 심각한 상처를 입을지도 모른다.

민아의 연애 스캔들만으로도 벅찬데, 거기에 한소아 대표가 민아의 이모라니. 한꺼번에 몰려든 충격적인 일로 아이들은 정신이 하나도 없었다.

하얀이는 언니들의 얼굴을 보기가 힘들어 슬그머니 방으로 들어왔다. 자꾸만 혹시나 하는 생각에 마음이 괴로웠다.

손톱을 자근자근 씹던 하얀이는 윤희에게 메시지를 보냈다.

윤희야, 시간 될 때 연락 부탁해.

한참을 기다려도 메시지를 읽었다는 표시가 뜨지 않았다.

안절부절 핸드폰 화면만 바라보던 하얀이는 이마

를 탁 쳤다. 바보같이! 깜박 잊었다. 한창 수업 중일 시
간이었다.

"어떻게 해애!"

하얀이는 침대에 얼굴을 묻고 비명을 질렀다. 만약
자기가 친구들에게 한 말이 새어 나간 거라면 스스로
를 절대 용서할 수 없을 것 같았다.

이대로 모르는 척 가만히 있을까? 아무리 한소아
대표라도 누가 처음으로 소문을 퍼트리기 시작했는지
는 알아내지 못할 테니까.

"하지만…… 난 알잖아."

민아에게 너무너무 미안해 가슴이 졸아드는 것 같
았다. 하얀이는 이불을 뒤집어쓴 채 바둥거리며 중얼
거렸다.

"그래, 진실을 말해야 해. 언니가 용서하지 않을지
도 모르지만 그래도 말해야지. 안 그럼 나는 진짜 사람
도 아니야."

그렇게 마음을 다지면서도 하얀이는 계속 핸드폰을 힐끔거렸다.

어서 빨리 윤희에게서 연락이 오기를, 그래서 아니라고, 자기들은 한마디도 하지 않았다고 말해 주기를 간절하게 바랐다.

루미너스에 불어닥친 새로운 고난이 제 가벼운 입놀림에서 시작된 것이 아니기를 빌었다.

⣷�⣷⣄⣴⣦⣿⣦⣾⣿⣧⣾⣦⣄

쿵쿵쿵쿵! 민아는 더블엘 건물을 노려보며 있는 힘껏 발을 굴렀다. 하지만 아무리 발을 구르고 속으로 욕을 해도 분한 마음이 가라앉지 않았다. 어차피 다 함께 밥을 먹기로 했으니 같이 가자는 이모의 뻔뻔한 제안을 무시하고 뛰쳐나왔지만, 갈 곳이라곤 다시 숙소뿐이었다.

숙소에서 기다리고 있을 아이들에게 뭐라고 말을

해야 할까. 미안하다고, 준하와는 이제 연락하지 않겠
다고 말해야겠지. 순간 가슴이 울렁거리며 눈이 시큰
거렸다.

어느새 배어 나온 눈물을 훔치며 민아는 꽉 막힌
듯 답답한 가슴을 내리쳤다. 스캔들 때문에 피해를 볼
아이들에게 미안한 마음과 준하를 더는 못 볼지도 모
른다는 속상한 마음이 복잡하게 뒤섞였다.

"진짜 싫어어!"

민아는 냅다 소리를 질렀다. 주위 사람들이 이상하
다는 듯 민아를 힐끔댔다. 민아는 얼른 주머니에서 마
스크를 꺼내 쓰고 숙소를 향해 뛰기 시작했다.

숙소 문 앞에 서 있으려니 숨이 턱턱 막혔다. 민아
는 한숨을 내쉬며 애써 마음을 정리했다.

'그래, 준하를 만나지 말자.'

더는 혼자만의 일이 아니니까. 자기 때문에 다른

사람들이 피해를 입는 건 정말 싫었다. 루미너스도, 스트라이커도.

예전처럼 친구로 돌아가자. 마음을 정리하려면 시간이 좀 걸리겠지만 따지고 보면 사귀기로 한 건 아니잖아. 그러니까 다시 친구 사이로 돌아갈 수 있을 거야. 하지만 준하가 좋은걸. 정말 좋아하게 돼 버린 걸 어쩌라고…….

민아는 자꾸만 도돌이표를 찍는 마음을 애써 매동 그리고 손을 뻗어 현관문을 열었다. 문 여는 소리에 아이들이 우르르 몰려들었다.

"언니, 어떻게 됐어?"

열음이가 눈을 동그랗게 뜨고 물었다. 중석 매니저가 당황한 표정으로 열음이를 툭 쳤다.

"열음아, 민아 좀 쉬게 두자. 준하 안 만날 거니까 너무 걱정 말고."

반항심이 불쑥 솟았다.

"누구 마음대로요? 내 일을 왜 멋대로 결정하는 건데요?"

민아는 입술을 꽉 깨물고 아이들을 향해 고개를 바짝 쳐들었다.

"준하 만날 거거든! 그냥 내가 루미너스를 그만두면 되겠네!"

중석 매니저와 아이들의 얼굴이 하얗게 질렸다. 민아는 그대로 방으로 가, 문을 탁 소리 나게 닫았다.

금세 후회가 몰려왔다. 화가 나서 아무렇게나 지껄인 말이 아끼는 사람들의 마음을 사정없이 후벼 파고야 말았다.

"박민아, 진짜 이기적이고 못됐어. 진짜 싫어."

민아는 중얼거리며 문에 몸을 기댔다. 기다렸다는 듯 핸드폰이 울렸다.

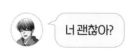 너 괜찮아?

준하였다. 자기도 힘들 텐데 나부터 걱정하다니, 준하다워 민아는 눈물이 났다.

우리 이제 만나지 말자.

한 글자 한 글자 문자를 쳐서 전송 버튼을 눌렀다.

그래, 이걸로 됐어. 좋아하는 마음은 누르면 되지. 이걸로 된 거야.

아이들은 거실에 옹기종기 모여 있었다. 모두 입을 꾹 다문 채 서로의 시선을 피했다. 차마 말은 못 했지만 다들 울고 싶은 기분이었다.

"자, 자! 괜찮아. 민아도 속이 상해서 그랬을 거야. 대표님이랑 실장님이 어떻게 된 일인지 알아보고 계시니까 너무 걱정 마. 잘 지나갈 거야."

중석 매니저가 열심히 아이들을 달랬지만 분위기

는 조금도 나아지지 않았다.

구석에 쭈그리고 있던 하얀이가 잔뜩 겁먹은 표정으로 입을 열었다.

"저, 언니들……. 하얀이가 할 말이 있어."

아이들이 천천히 하얀이에게로 고개를 돌렸다. 아이들의 얼굴을 마주한 하얀이가 움찔 어깨를 떨더니 가까스로 이야기를 꺼냈다.

"아무래도 민아 언니, 준하 오빠랑 스캔들 난 거…… 하얀이 때문인 거 같아."

"뭐?"

아이들이 한꺼번에 소리쳤다.

"히잉……. 미, 미안해."

기어코 하얀이가 참았던 울음을 터트렸다.

"미안해, 하얀이가 잘못한 거 같아. 미안해!"

얼어 있던 소민이가 펑펑 우는 하얀이의 어깨를 감싸안았다.

"하얀아, 울지만 말고 무슨 일인지 차근차근 이야기해 봐."

하얀이가 울음을 삼키며 주섬주섬 말을 이었다.

"저번에 스케줄 없는 날 중학교 친구들을 만났는데, 걔들한테 민아 언니가 준하 오빠랑 같이 케이크 먹으러 갔다고 했어. 아차, 말하면 안 됐다 싶어서…… 곧바로 아무한테도 말하지 말라고 했는데……."

"똑바로 말 안 해? 무슨 말이야, 그게? 그래서 네 친구들이 소문을 냈다는 거야?"

열음이가 빽 소리를 질렀다.

"야! 이열음, 왜 애한테 겁을 줘!"

태리가 열음이에게 눈을 부라리며 하얀이에게 휴지를 건넸다. 하얀이는 팽, 코를 풀고 숨을 크게 들이쉬었다.

열음이 말이 맞았다. 울고만 있을 때가 아니었다. 잘못한 건 잘못했다고 제대로 사과해야 하니까.

하얀이는 다시 한번 크게 숨을 들이마시고 고개를 똑바로 들었다. 고개를 들자마자 숨죽인 채 자신의 말을 기다리는 열음이와 눈이 딱 마주쳤다.

"소리 질러서 미안해."

열음이가 누그러진 목소리로 사과했다. 하얀이는 고개를 절레절레 흔들고 겨우 입을 뗐다.

"아니야, 하얀이가 잘못한 거야. 루미너스의 일은 루미너스 밖에서는 이야기하면 안 되는 거였어."

소민이가 하얀이의 등을 쓸며 조심스레 물었다.

"그럼 네 친구들이 온라인 커뮤니티에 처음 글을 올린 거야?"

"연락해 봤는데 아직 답이 없어. 수업 중인가 봐. 문자를 안 봐."

하얀이가 눈물을 글썽거렸다.

"에이, 그럼 아직은 모르는 거네. 하얀아, 네 친구들을 믿어 봐. 중석 매니저님이 그랬잖아. 대표님이 알아

보고 계시다고. 그러니까……."

하얀이의 어깨를 토닥이던 태리가 말하다 말고 헙, 입을 가렸다. 민아가 거실 끄트머리에 소리 없이 서 있었다.

"하얀이 너 때문 아니야."

민아가 무섭도록 가라앉은 목소리로 말했다.

"사진이 결정적이었으니까. 기사에 나온 사진, 부산이야. 야시장 갔을 때 우연히 준하를 만났는데, 그때 찍혔나 봐."

'민아 언니가 편을 들어 줬어!'

기쁜 마음에 민아의 얼굴을 살피던 하얀이는 이내 입술을 바르르 떨었다. 민아의 표정이 차가웠다. 무슨 잘못을 해도 슬그머니 넘어가 주던 민아가 아니었다.

민아는 그저 사실을 알렸을 뿐, 하얀이를 용서한 것은 아니었다. 당연했다. 하얀이 때문에 스캔들 기사가 난 게 아니라 해도 달라지는 건 없으니까. 하얀이가 함부로 떠들고 다닌 일이 사라지는 것은 아니었다.

하얀이는 파리해진 얼굴로 고개를 푹 숙였다. 민아의 신뢰를 잃었다. 누구의 탓도 아닌 온전히 자신의 잘못으로.

8. 처음의 우리처럼

"역시 싸우고 있을 줄 알았어. 싸움 구경하러 왔는데, 내가 딱 맞춰 왔네!"

어쩐지 신이 난 것 같은 목소리가 아이들 사이를 파고들었다.

"이모!"

민아가 한소아 대표를 나무라듯 눈을 굴렸다. 한소아 대표는 도무지 속을 알 수 없는 표정으로 엉망이 된 아이들을 일으켜 세웠다.

"자, 루미너스! 일어나서 날 따라오도록."

중석 매니저가 슬금슬금 아이들을 3층 연습실로 몰았다.

둥그렇게 둘러앉은 아이들이 한소아 대표를 힐끔 거렸다. 소속사 아이돌의 연애 스캔들이 터졌는데도 한소아 대표는 한 치의 흔들림도 없어 보였다.

"너무들 싸울 거 없어. 온라인 커뮤니티 확인했고, 게시글 내려 달라고 했어. 그리고 기자한테 연락해 봤 는데, 인터넷에 처음으로 글을 올린 사람이랑 기자에 게 사진을 제보한 사람이 같은 사람이더라. 중학생은 아니었고."

후유, 아이들이 참았던 숨을 내쉬었다. 어찌 되었건 하얀이 친구들이 벌인 일이 아니라 다행이었다.

"이제 어떻게 되는 거예요? 설마 민아 언니도 루미 너스를 탈퇴하는 건가요?"

열음이가 대뜸 물었다.

"넌 무슨 말을 그렇게 하냐?"

발끈하는 태리의 팔을 소민이가 붙잡았다. 보일 듯 말 듯 고개를 흔드는 소민이에게 입술을 삐죽해 보이고 태리는 입을 다물었다. 마음 같아서는 열음이에게 실컷 퍼붓고 싶었지만 꾸욱 참았다.

"오호라! 너희들, 서로 불만이 많구나? 지금쯤이면 그럴 때도 됐지."

한소아 대표가 픽 웃더니 어딘가로 고갯짓을 했다. 김 실장이 성큼성큼 들어오더니 스크린을 내리고 불을 껐다.

"오늘로 루미너스의 1집 활동이 끝난다. 원래는 훈훈한 분위기에서 지난 시간을 되돌아보려고 했는데, 다들 상태가 이래서 어쩌나!"

한소아 대표가 즐거운 표정으로 리모컨을 소민이에게 건넸다.

"너희를 위해 특별히 준비했다. 사이좋게 봐."

한소아 대표는 어리둥절, 어쩔 줄 몰라 하는 소민이에게 속삭이고는 김 실장과 중석 매니저까지 데리고 연습실을 나가 버렸다.

"이, 이거 어쩌지?"

소민이가 아이들에게 리모컨을 흔들어 보였다. 답답하다는 듯 쯧, 혀를 차며 열음이가 걸어왔다. 그러더니 리모컨을 낚아채 버튼을 두어 개 눌렀다.

"보라는데 보면 되지. 뭐가 그리 복잡한데?"

팟! 화면이 켜지면서 빛이 쏟아져 나왔다. 밝은 빛에 눈을 찡그리던 아이들의 귀에 낯익은 목소리가 들리기 시작했다.

"아! 진짜 언제까지 이래야 해! 힘들어 죽겠는데 웃느라 뺨이 다 아플 지경이잖아!"

"아이, 열음 언니. 분량 욕심 너무 낸다. 저번에도 열음 언니가 반이더만."

"너도 추든가."

까르르, 와르르 웃음소리가 들리고 민아의 목소리가 뒤를 이었다.

"그래도 점점 조회 수가 늘어서 다행이야. 저번 에피소드 조회 수가 5만 5000이 넘더라."

"오늘 아침에 6만 찍었어요."

"현재 6만 2500 뷰! 대박, 대박!"

아, '루미너스 라이트 업' 첫 영상이다. 아이들은 입을 앙다문 채, 신이 나서 폴짝 뛰는 화면 속 자신들을 보았다. 저 때에는 데뷔만 하면 모든 일이 잘될 거라고 여겼는데…….

웅크리고 있던 민아가 부루퉁한 표정을 지었다.

"이모 생각이야 빤하지. 저거 보고 우리가 화해하길 바라겠지. 늘 곁에 있어서 소중한 걸 몰랐다고, 서로 내가 미안하다, 아니다 내가 잘못했다, 하면서 감동의 눈물을 흘리기를 말이야."

말을 마친 민아에게 열음이가 냉랭한 표정으로 픽,
웃었다.

"언니, 이게 따지고 보면 언니가 시작한 일이잖아.
잊었어? 연! 애!"

민아의 얼굴이 와락 우그러졌다. 하지만 뭐라고 따
질 수도 없었다. 짜증스러웠지만 맞는 말이었으니까.

"그래, 다 내 탓인 거 알아. 그래서 준하한테 더는
만나지 말자고 했어. 그러니까 너무 걱정 마."

"뭐어?"

"아니, 왜?"

"누가 헤어지래!"

빼액, 아이들이 소리를 질렀다.

"어?"

당황해 입을 달싹이던 민아가 아이들에게로 고개
를 돌렸다.

"열애설 기사가 났잖아. 이제 그만 만나야지. 루미너스에 해를 끼치는 건 싫으니까."

쭈뼛거리며 눈치를 보던 하얀이가 참지 못하고 내질렀다.

"언니, 그런 걸로 헤어지다니 실망이야. 고난 따위는 보란 듯이 이겨 내는 사랑을 보여 달라고!"

하얀이의 말이 끝나기 무섭게 아이들이 뺨을 분홍빛으로 물들이며 꺄아아, 호들갑을 떨었다.

뭐야, 쟤들⋯⋯. 민아는 아이들을 차례차례 둘러보며 눈을 가늘게 떴다.

"너희들, 열애설 나서 화난 거 아니었어?"

소민이가 고개를 쌀쌀 흔들었다.

"언니, 우리를 어떻게 보는 거야? 우린 언니를 걱정하고 있었지! 스캔들 때문에 충격 많이 받은 것 같아서⋯⋯ 댓글도 엄청 험하고⋯⋯. 그런데 들어오자마자 루미너스 그만둔다고 하냐, 서운하게!"

"맞아, 맞아!"

아이들이 고개를 끄덕이며 섭섭하다는 듯 민아를 노려봤다.

열음이가 막 생각났다는 듯 손뼉을 쳤다.

"아, 화난 거 하나 있다! 대표님이 이모라는 걸 감쪽같이 숨기다니. 언니가 대표님한테 이모! 하는데, 와…… 진짜 소름이 쫘악 돋았다니까! 이번 일 아니었으면 계속 말 안 하려고 했지?"

"그러네, 맞네! 끝까지 감췄겠네. 열음이가 연습생 때 나 보고 대표님 조카라고, 낙하산이라고 할 때도 아무 말 안 했잖아."

태리의 말에 열음이가 발끈했다.

"야! 내가 언제? 낙하산이라고는 안 했어."

"잘도 그랬겠다!"

태리가 지지 않고 대꾸했다. 와글와글, 저마다 한마디씩 보태는 바람에 연습실 안은 장터처럼 소란스러워졌다.

입을 다문 채 마른침만 꿀꺽 삼키던 민아가 팔을 휘저었다.

"잠깐만, 애들아! 잠깐 내 이야기 좀 들어 봐."

아이들이 말을 멈추고 민아를 바라봤다. 민아가 입술을 자근자근 깨물고 천천히 속마음을 털어놓기 시작했다.

"요즘 여러 가지로 마음이 답답했어. 그런데 준하를 오랜만에 만나서 이야기하니까, 어릴 때 친구여서 그런지 마음이 편해지더라고. 일일이 설명하지 않아도 내가 불안한 이유를 알아주고, 새로운 꿈도 응원해 줬어. 그래서 자주 연락하다 보니 조금씩 설레기도 하더라. 그런데 덜컥 열애설이 나니까 겁나더라고. 나 때문에 루미너스가 위험해지고, 이모가 힘들어질까 봐……."

민아는 잠시 숨을 고르고 말을 이었다.

"그리고…… 솔직히 서글프기도 하고 화도 났어. 아이돌은 사람이 아닌가, 좋아하는 사람 만나는데 왜 눈치를 봐야 하나 하고. 그래도 루미너스를 그만둔다 고 한 건 내가 잘못했어. 이모, 아니 대표님이 드라마 출연 제안 온 걸 상의도 없이 거절한 데다 준하도 만나 지 말라고 하니까. 내 생각이랑 상관없이 전부 멋대로 결정하는구나 싶어서 홧김에 말이 튀어나왔어. 정말 미안해."

"언니!"

하얀이가 민아의 말이 끝나자마자 와락 달려들었다.

"미안해! 언니 일을 함부로 말해서 진짜 진짜 미안 해. 하얀이, 앞으로 좀 더 책임감 있게 행동할게. 그러 니까 용서해 주라. 응? 응?"

"야아, 하얀아! 좀 떨어져 봐. 이러면 이모 뜻대로 되는 거잖아. 이모 완전 약았다니까! 아아, 정말 싫어! 얼른 떨어져. 저리 가!"

진저리 치며 밀어내는 민아에게 하얀이가 보란 듯이 달라붙어 웃었다. 하얀이 곁으로 열음이가, 소민이가 태리가 달려들었다.

한데 뭉쳐 깔깔깔 웃어 대던 아이들이 민아에게 대뜸 물었다.

"그래서, 고백은 했어?"

9. 또 다른 시작

역시 블루시트러스였다. 민아는 넋을 잃은 채 모니터를 바라보았다. 강력한 비트에 맞춘 칼군무, 거친 안무에도 흔들림 없는 노래. 자연스러운 시선 처리며 무대 매너.

블루시트러스 멤버들은 하나같이 모두 멋졌지만, 민아의 눈에는 이청만 들어왔다. 아이돌 음악에서 흔치 않은 펑크 록까지 힘들이지 않고 소화해 내는 능력이 부럽다 못해 약이 오를 지경이었다. 물론 가장 신경

쓰이는 건 준하와 자꾸 열애설로 엮인다는 거지만.

흥, 그런 헛소문 따위! 뭐, 어쩔 수 없지. 원래 비밀 연애라는 건 그런 거니까.

민아는 모니터를 태울 듯 뜨거운 시선으로 이청을 노려본 후, 거울로 고개를 돌렸다. 때맞춰 핸드폰이 부르르 흔들렸다.

 컴백을 축하해. 첫 무대 파이팅!

준하였다. 민아는 저절로 치솟는 입꼬리를 손바닥으로 가렸다. 오랜만에 무대에 서는 긴장감과 블루시트러스를 향한 질투심이 단번에 사라졌다.

"역시 빌보드 차트에 오른 걸 그룹은 뭐가 달라도 다르네."

태리가 옆에서 눈치 없이 한마디를 보탰다. 하얀이가 태리를 툭 쳤다.

괜한 신경을 쓰게 한 것이 미안해 민아가 멋쩍게 웃었다.

"우리도 가자. 빌보드."

"응, 언니! 우리도 가자!"

신이 난 태리 뒤에서 대기실 문이 벌컥 열리더니 한소아 대표가 뛰어 들어왔다.

"얘들아, 우리가 실시간 음원 차트 1위야! 1위!"

두 번째 미니 앨범을 발표한 지 하루 만이었다. 시작이 좋았다. 블루시트러스가 활동을 마무리하는 시기라고 해도 최고의 아이돌과 맞붙어 1위를 차지한 건 대단한 일이었다.

하얀이가 무대 의상을 펄럭이며 소리쳤다.

"우리가 간다! 전부 다 비켜!"

"전부 다 비켜!"

열음이와 태리가 연이어 외쳤다.

"우리가 간다!"

민아와 소민이의 환호성 틈으로 한소아 대표의 목소리가 끼어들었다.

"얼마나 마음 졸였는지 몰라."

안도하는 한소아 대표에게 민아는 피식 웃어 보였다. 말하지 않아도 열애설 때문인 걸 알았다.

대응하지 않으면 곧 가라앉을 거라던 대표의 생각과 다르게 소문은 더 무성해져 갔다. 열애인지 아닌지 진실을 밝히라는 팬들의 항의가 빗발쳤다.

결국 민아와 준하가 나서서 유치원 때부터 소꿉친구였다는 사실을 밝히고, 어릴 적 사진까지 내보이고서야 소동은 멈췄다. 그때 한소아 대표가 고생한 걸 생각하면 이 정도 잔소리쯤은 참을 수 있었다.

"잘될 거라고 했잖아. 언제 내가 하는 일이 안 풀리는 거 봤어?"

민아의 빤빤한 대답에 한소아 대표가 기가 차다는 듯 코웃음을 쳤다.

"열애설 잠재우느라 컴백 늦어진 건 어쩌고? 10개월이나 걸렸어, 10개월!"

"결과가 좋으면 됐잖아, 이모."

낼름 혀를 내미는 조카를 매의 눈으로 쏘아보던 한소아 대표가 불쑥 물었다.

"그래서? 요즘엔 준하 안 만나지?"

은근히 떠보는 말에 민아가 태연하게 대답했다.

"둘 다 바쁜데 어떻게 봐. 연락만 가끔 해."

확인하려는 듯 한소아 대표가 힐끔 쳐다보자, 소민이는 손을 획획 내저었다.

"언니 말이 맞아요. 스캔들 나고부터 쭈욱 안 만나잖아요."

한소아 대표의 시선이 덩달아 고개를 끄덕이는 하얀이와 태리를 지나쳐, 열음이에게 꽂혔다. 다른 애들은 몰라도 열음이만은 민아 편을 드느라 거짓말할 리가 없다고 여기는 모양이었다.

열음이가 지체 없이 대답했다.

"당연하죠. 그 사달이 났는데."

"그래, 열음이 네 말이니까 믿는다. 다들 첫 방송 잘 하고!"

대표가 만족스러워하며 대기실을 나가자, 열음이가 삐죽거리며 눈을 굴렸다.

"아니, 왜 나는 민아 언니 편이 아니라고 생각하는 건데?"

"그러게, 왜 그럴까나?"

태리가 쌤통이라며 생글생글 웃었다. 잔뜩 약이 오른 열음이는 머리를 벅벅 긁으려다 멈칫했다. 애써 매만진 머리를 망칠 뻔했다. 대신 애꿎은 치마를 잡아당기며 툴툴댔다.

"왜 이렇게 치렁치렁한 거야."

"그동안 보이시한 스타일만 해서 질린다며. 내내 불평해서 청순하게 입혀 주셨는데 뭐!"

민아가 열음이의 옷매무새를 다시 가다듬어 주며
히죽 웃었다.

"내가 뭘……."

뻘쭘해하는 열음이를 소민이가 달랬다.

"잘 어울려, 열음아! 이번 앨범 콘셉트에도 잘 어울
리고."

민아는 농담을 주고받으며 낄낄거리는 아이들을
뿌듯하게 바라보았다. 무대까지 겨우 몇 분 남아 있었
지만 아이들은 여유가 넘쳤다.

처음 무대에 섰을 때가 떠올랐다. 다들 어찌나 떨
었는지 소민이가 아이들을 모아 기합을 넣고 들어갔는
데……. 이제 아이들은 자신을 믿는 법을 알았다. 최선
을 다해 스스로를 갈고닦고 노력한 시간을 믿는 법 말
이다.

무대가 항상 완벽할 수 없다는 것도, 실수할 때도
있다는 것도 알게 되었다. 누군가 순서를 잊고 갑자기

앞으로 튀어나올 수도 있고, 원치 않는 소문에 휩싸일
수도 있다. 하지만 그래도 괜찮다는 것 또한 배웠다.
툭툭 털고 나아갈 수 있다는 것을 알게 되었다.

서로를 위해 버티며 의지할 친구가 있어 한결 덜
힘들다는 것도 깨달았다. 그토록 바랐던 친구라는 존
재가 눈앞에 있어서 민아는 감사했다.

"우리 파이팅 한번 할까?"

민아가 아이들에게 손을 내밀었다.

"루미너스, 다섯 개의 별! 우린 잘할 수 있어!"

열음이가 피식 웃으며 민아의 손 위에 제 손을 겹
쳤다. 태리가 오른손을 열음이 손 위에 올렸다. 태리도,
하얀이도 손을 겹쳤다.

"루미너스! 파이팅!"

᠁‖‖᠁‖‖᠁‖᠁‖‖᠁‖‖‖᠁

"민아 언니, 서둘러!"

"열음아, 화장솜 좀 줘 봐."

무사히 컴백 무대를 마치고도 아이들은 마음이 바빴다. 숙소로 돌아가기 전, 민아를 오디션 장소에 데려다줘야 했다.

"다들 걱정 말라니까. 언니 예쁜 게 어디 하루이틀이야?"

민아는 애써 아무렇지 않은 척 담담하게 말을 꺼냈지만, 이내 숨을 몰아쉬었다.

"대사가 하나도 기억이 안 나는 거 같아. 어쩌지?"

"숨을 쉬어. 깊게 들이마시고, 천천히 내쉬고."

중석 매니저가 차에 시동을 걸며 민아를 달랬다.

민아는 시키는 대로 심호흡을 했다. 뻣뻣하게 굳었던 뒷목이 조금 풀리는 것 같았다. 독립 영화의 작은 역할이었지만 자기 힘으로 처음 얻어 낸 기회였다.

"내가 뭐랬니?"

오디션 소식을 들은 이모가 거 보란 듯 빙싯거렸다. 자존심이 상하고 약도 올랐지만 할 말이 없었다.

쓸데없는 고집을 내려놓기를 잘했어. 민아는 스스로를 칭찬했다. 결국 꿈을 지키는 건 쉽게 얻은 자리가 아니라 차근차근 쌓은 실력이라는 걸 이제는 알았다.

처음에는 이모를 많이 원망했다. 자기 대신 드라마 조연을 꿰찬 다른 아이돌을 보며 화도 났다. 하지만 그 아이돌의 발 연기 영상이 돌아다니는 걸 보고 정신이 번쩍 들었다.

이모의 말이 맞았다. 고집을 부려 드라마 제안을 받아들였다면 어떻게 됐을까? 상상하는 것만으로도 등골이 서늘했다.

정식으로 연기 수업을 시작하겠다는 민아를 이모는 기꺼이 도와주었다. 앨범 준비와 연기 수업을 동시에 하는 건 버거웠지만 민아는 불평하지 않았다. 그 누구도 아닌 스스로 결정한 일이었으니까. 자신의 결정에 책임지려 애쓰는 시간이 쌓여 갈수록 민아는 조금씩 더 행복해졌다.

부르릉! 엔진 소리와 함께 차가 달리기 시작했다. 그사이 아이들은 가방에서 빗과 화장품을 끄집어냈다. 진한 무대 화장으로 오디션에 갈 수는 없었다.

대기실에서 차분히 화장을 고쳤으면 좋았을 테지만 시간이 부족했다. 결국 민아는 대충 화장을 지우고 옷만 갈아입었다. 나머지는 오디션 장소로 가는 차 안에서 해결하기로 했다. 아이들은 화장을 지우지도, 옷을 갈아입지도 못했지만 아무도 신경 쓰지 않았다.

"으악!"

덜컹, 차가 튀어 오르자 민아 얼굴에 파운데이션을 바르던 하얀이가 소리를 질렀다. 그 모습을 본 중석 매니저가 기어코 한마디를 했다.

"그러니까 회사에서 오디션 시간 조정해 준다니까

왜 고집을 부려. 이게 뭐냐? 달리는 차 안에서."

민아가 지지 않고 대거리를 했다.

"도움 안 받을 거라니까요. 연기는 온전히 내 힘으로 시작할 거라고요. 아이돌 타이틀 떼고, 박민아로!"

"어휴, 저 고집을 누가 말려!"

중석 매니저가 혀를 쯧 차고는 이내 운전에 집중했다. 민아의 마음은 알지만 조금이라도 돕고 싶었다. 민아를 위해 해 줄 수 있는 거라곤 제시간에 맞춰 오디션장에 데려다주는 것뿐이었다. 중석 매니저는 어젯밤에 미리 봐 둔 지름길로 차를 몰았다.

소민이가 민아의 머리를 가지런히 잡아 단정하게 땋기 시작했다.

"하얀아, 색조 화장 하지 마. 음영만 줘. 오디션에서는 얼굴을 자연스럽게 보여 줘야 한대."

열음이가 아는 체를 했다. 관심 없는 듯 딴청을 부리면서도 인터넷에서 오디션 화장법이며 옷차림에 대해 찾아본 모양이었다.

"언니, 아무래도 그 옷보다는 이 옷이 낫지 않을까? 너무 꾸민 모습은 안 좋대."

태리가 검은색 티셔츠를 꺼내 민아에게 건넸다.

"화장 지워져!"

"머리 흐트러져서 안 돼! 지금 옷 그냥 입어!"

하얀이와 소민이가 동시에 소리를 질렀다.

"알았어! 진정해, 진정!"

놀란 민아가 오디션은 자기가 보러 가는데 왜 너희가 더 난리냐며 삐쭉 입을 내밀었다. 내민 입술에 옅은 색 립스틱을 발라 주며 하얀이가 중얼거렸다.

"그야 언니의 새로운 꿈이니까. 있는 힘껏 응원하는 거지."

"맞아, 있는 힘껏 응원하는 거야."

옆에 있던 태리도 힘주어 민아의 팔을 잡았다. 민아가 고개를 돌려 태리와 눈을 맞췄다.

"태리, 네 꿈도 응원하는 거 알지? 세계 정복!"

"응, 알아."

태리가 눈이 사라지도록 환하게 웃었다. 민아는 괜스레 코끝이 매워 킁킁 훌쩍이며 차창 밖으로 고개를 돌렸다.

"거의 다 왔어! 민아야, 내릴 준비 해."

중석 매니저가 고래고래 소리쳤다. 민아가 허둥지둥 시간을 확인했다. 오디션 시작 5분 전. 다행히 늦지 않았다.

"화장 끝!"

"머리도 끝!"

아슬아슬하게 단장을 끝낸 소민이와 하얀이가 민아에게서 떨어졌다.

창밖을 내다보던 민아가 바들바들 떨기 시작했다. 어느새 벌써 오디션장이 코앞이었다. 쿵쿵, 심장이 뛰었다.

"으, 어떡해! 나 떨려!"

하얘진 민아에게 중석 매니저가 잔소리를 했다.

"오디션 본다는 사람이 자꾸 떨면 어떻게 하냐! 진정하고, 아까 알려 줬지? 숨 크게 끝까지 들이마시고 조금씩 끊어서 내쉬어. 두 번만 더 해 봐."

"사람이니까 떨리죠! 누군 떨고 싶어서 떨어요?"

민아는 툴툴거리면서도 중석 매니저가 시키는 대로 숨을 깊이 들이마셨다가 아주 조금씩 내쉬었다. 아이들도 덩달아 함께 숨을 들이마셨다 내쉬었다.

까르르르! 엄마 새를 따라 하는 아기 새 같은 모습이 우스워 다들 웃음이 터졌다. 웃고 나니 두근거리던 심장이 마법처럼 차분해졌다.

마침내 차가 멈춰 섰다.

"잘해, 언니!"

"파이팅!"

"떨어지고 오면 문 안 열어 줄 거야. 파이팅!"

"박민아, 파이팅!"

아이들이 새 떼처럼 와글와글 소리치며 민아의 어깨를 두드려 주었다.

민아는 아이들을 차례차례 돌아보았다. 채 지우지 못한 무대 화장이 번져 얼굴들이 얼룩얼룩했다. 우스꽝스런 모습이었지만 민아의 눈에는 다른 어떤 때보다 아름다워 보였다.

"고마워, 애들아. 언니가 배역 따 올게."

민아가 한껏 웃으며 차 문을 열었다. 새로운 꿈을 향한 여정이 막 시작되었다.

- ♡ 박민아
- ♡ 루미너스 센터
- ♡ 최애 간식: 매콤 떡꼬치
- ♡ 좋아하는 계절: 가을
- ♡ 취미: 성대모사

우리 하고 싶은 거
다 하자고!

루미너스 맏언니

ENTP
B형

민아의 일기장

후후…… 이제 나도 진정한 친구가
넷이나 있다! 우정 여행도 가고,
우정 반지도 맞추고, 파자마 파티도
해야지! 아, 어차피 숙소에서
맨날 잠옷 입고 만나는구나?!
애들이랑 같이 스트라이커 콘서트도
가면 좋겠다!

♡ 팬들에게 한마디 ♡

제 얼굴로 아이돌만 하면 너무 아까우니까, 곧 새로운 모습으로
여러분을 찾아갈게요! 첫걸음부터 한 발 한 발, 진짜 노력을
꾹 눌러 담을 거예요. 기대해 주세요!

루미너스 3rd
오늘부터 데뷔합니다

초판 1쇄 인쇄 2025년 1월 21일
초판 1쇄 발행 2025년 2월 5일

글 김영주 **그림** 하티
펴낸이 김선식

부사장 김은영
어린이사업부총괄이사 이유남
책임편집 최유진 **디자인** 남정임 **책임마케터** 신지수
어린이콘텐츠사업4팀장 강지하 **어린이콘텐츠사업4팀** 남정임 최방울 최유진 박슬기
어린이마케팅본부장 최민용 **어린이마케팅2팀** 최다은 신지수 심가윤
미디어홍보본부장 정명찬 **기획마케팅팀** 류승은 박상준
편집관리팀 조세현 김호주 백설희 **저작권팀** 성민경 이슬 윤제희
재무관리팀 하미선 임혜정 이슬기 김주영 오지수
인사총무팀 강미숙 이정환 김혜진 황종원
제작관리팀 이소현 김소영 김진경 최완규 이지우
물류관리팀 김형기 김선진 주정훈 양문현 채원석 박재연 이준희 이민운

펴낸곳 다산북스 **출판등록** 2005년 12월 23일 제313-2005-00277호
주소 경기도 파주시 회동길 490 **전화** 02-704-1724 **팩스** 02-703-2219
다산어린이 공식 카페 cafe.naver.com/dasankids **다산어린이 공식 블로그** blog.naver.com/stdasan
종이 스마일몬스터 **인쇄 및 제본** 상지사 **코팅 및 후가공** 제이오엘앤피

ISBN 979-11-306-6244-2 74810   979-11-306-5101-9 (세트)